中公文庫

任侠浴場

今野　敏

中央公論新社

目次

任俠浴場　5

解説　関口苑生　369

主な登場人物

阿岐本雄蔵《あきもとゆうぞう》……阿岐本組組長。赤ら顔でスキンヘッドをした昔気質のヤクザの組長。
日村誠司《ひむらせいじ》……阿岐本組代貸《だいがし》（組で二番目に偉い）。苦労性。
三橋健一《みつはしけんいち》……阿岐本組組員。喧嘩がめっぽう強い。稔ら若い衆を仕切る。
二之宮稔《にのみやみのる》……阿岐本組組員。元暴走族。
市村徹《いちむらとおる》……阿岐本組組員。元ハッカー。愛称は「テツ」。
志村真吉《しむらしんきち》……阿岐本組組員。一番下っ端。女をたらし込んで情報を得ることに長ける。

坂本香苗《さかもとかなえ》……阿岐本組に出入りする近所の女子高生。

永神健太郎《ながかみけんたろう》……阿岐本の五厘下がりの兄弟分。赤坂《あかさか》に「永神組」を構える。
小松崎繁達《こまつざきしげたつ》……檜町《ひのきちょう》エージェンシー社長。永神の弟分。
佐田智己《さたともき》……赤坂の銭湯・檜湯《ひのきゆ》の主人。妻に康子《やすこ》、娘に美鈴《みれい》、息子に陽一《よういち》がいる。
北村甚五郎《きたむらじんごろう》……檜湯のボイラーマン。
蛭田玄三《ひるたげんぞう》……赤坂署のマル暴担当刑事。
甘糟達男《あまかすたつお》……阿岐本組の地元のマル暴担当刑事。

任俠浴場

1

「おう、アニキいるかい」

　事務所の出入り口で野太い声がした。

　若い組員たちは、はっとそちらを見て、一斉に立ち上がった。

　来客用のソファに腰かけていた日村誠司《ひむらせいじ》も出入り口に眼をやり、立ち上がっていた。

「永神《ながかみ》のオジキ……」

「おう、誠司。邪魔するぜ」

　オールバックに色の薄いサングラス。ピンストライプの入ったチャコールグレーのスーツ。派手な赤いネクタイに同色のポケットチーフ。

　今どきではすっかり珍しくなった典型的な極道《ごくどう》スタイルのこの男は、永神健太郎《けんたろう》。赤坂《あかさか》に組事務所を構えている。

　彼が「アニキ」と呼んでいるのは、日村たちの組長である阿岐本雄蔵《あきもとゆうぞう》のことだ。阿岐本と永神は兄弟分の盃《さかずき》を交わしている。

　だから、日村たち阿岐本組の組員にとって永神は「叔父《おじ》」に当たる。

「どうしたんです、突然……」

　日村は言った。嫌な予感がしていた。

永神が前触れもなくやってくると、ろくなことがない。いや、この稼業、親戚筋の人間が突然やってきて告げるのはたいてい、よくない知らせなのだ。

特に永神の場合は注意しなければならない。日村は永神のことを嫌っているわけではなく、むしろ慕《した》っていると言ってもいい。

永神は昔から、日村のことをかわいがってくれた。そして、永神は阿岐本に心酔している。そういう意味ではまったく問題はないのだが、永神が阿岐本に何かを相談すると、時折、日村たちにとって迷惑なことが起きることがある。

永神の相談内容が、阿岐本にとって「おいし過ぎる」場合がしばしばあるのだ。

日村は言った。

「オヤジなら上におりますが……」

「ちょっと話があってな」

「お待ちください。すぐに……」

日村は階段を三階まで駆け上った。三階と四階が阿岐本の住居になっている。

今どきならば携帯電話をかければ済むのだが、阿岐本は手もとに置いていないことが多い。そして、ヤクザ者は決して楽をしてはいけないと、阿岐本にきっちり教育されている。

連絡はすみやかに確実に。それがヤクザのモットーだ。直接顔を見て告げるのが一番確実なのだ。

何でもメールで済ませるご時世だが、阿岐本はそうした風潮を認めない。便利なものには必ず落とし穴があるというのが阿岐本の持論だ。

三階に玄関ドアがあり、インターホンがついている。ボタンを押すと、部屋の中からチャイムの音が聞こえてきた。

しばらく待つと、阿岐本の声がした。

「はい」

「日村です。永神のオジキがいらしてます」

「そうか。お通ししな」

「はい」

日村は階段を駆け下りて、永神をエレベーターホールに案内する。エレベーターは客と阿岐本組長しか使わないことになっている。

三階に着くと、日村は再びインターホンで阿岐本を呼び、告げた。

「永神のオジキをお連れしました」

「おう」

すぐに玄関が開いた。

つるりとはげ上がった阿岐本がにこやかに顔を出す。

「永神、元気そうだな」

「アニキもお元気そうで……」

日村は二人が中に入り、玄関のドアが閉まるのを見届けたら、事務所に戻るつもりでいた。

永神が言った。

「誠司にも話を聞いてもらいてえんだ」

ますます嫌な予感がしてきた。いや、すでに予感なんてものではない。確実な予想だ。

阿岐本と永神はソファに収まり、日村が台所で茶をいれようとした。

阿岐本が言った。

「ビールでも飲まねえか？」

永神は言った。

「そうだね。いただきます」

日村はそれを聞いて、すぐさま冷蔵庫から瓶ビールを取り出す。一般家庭ではアルミ缶のほうが買いやすいしゴミ出しもしやすい。

だが、これも阿岐本のこだわりで必ず瓶ビールなのだ。しかも銘柄はサッポロだ。

日村は応接セットの低いテーブルの脇に座り、まず阿岐本のグラスにビールを注《つ》いだ。

ここで順番を間違えたらえらいことになる。

たいていは客人に先に注がなければならない。だが、この場には兄弟しかいない。となると兄貴分の阿岐本が先になるのだ。

瞬時にその場の序列を見極めるのも極道の仕事のうちだ。

一事が万事だ、と阿岐本に言われたことがある。

その場で誰が一番偉いかを見極めるのがシノギのコツだ。そして、その場で誰が一番強いかを瞬時に見抜くのが喧嘩《けんか》のコツだ。

シノギも喧嘩も同じだと、阿岐本は言う。日村は長年この稼業を続けてきて、その言葉がいかに正しいかを痛感していた。

ビールを飲み干すと、阿岐本が言う。

「ああ、昼間っから飲むビールはうめえな」

日村は空《あ》いたグラスにすぐにビールを注ぐ。

永神もふうっと息を吐く。

「まったくだ」

「それで、話ってのは何だ?」

永神は急に、神妙な表情になって言った。

「アニキも、暴対法や排除条例にはうんざりしていると思うんだが……」

阿岐本は溜《た》め息をつく。

「まあ、それもご時世だ……」

「指定暴力団に関係したら、それこそ手足を縛られたようなもんだ」

「まあ、うちは指定暴力団じゃないんでね……」

阿岐本が言うとおり、阿岐本組は指定暴力団ではない。

でかい組はどんどんでかくなり、中小の組を吸収して、全国に触手を伸ばしていった。これを、難しい言葉で、「寡占化《かせん》と広域化」と言うのだそうだ。

日村がまだゲソ付けもせず、不良少年だった頃、すでにこの動きは加速しつつあった。その中で、阿岐本組はずっと弱小のまま生き延びてきた。

今やこの世界では、阿岐本組のようなケースは稀《まれ》だ。どこの組も、大組織の二次団体か三次団体に組み入れられている。

永神の組も例外ではない。永神は、指定暴力団である板東《ばんどう》連合の二次団体と親子の盃を交わしている。つまり、三次団体というわけだ。

今どきはそうでもしないと生き残れない。

では、どうして阿岐本組が大組織に呑《の》み込まれず、生き残れているのか。それはひとえに、組長・阿岐本雄蔵の器量と人柄ゆえだ。

一言で言うと、阿岐本は器が並外れて大きい。日村はそう思っていた。

そして、そういう人物は人を惹《ひ》き付ける。やたらに人望が篤《あつ》いのだ。

度胸と人柄のよさは若い頃からのようで、全国各地に彼と兄弟の盃を交わした人たちがいる。阿岐本が兄弟と認めた人物なので、相手もそれなりの器量の持ち主だ。

時を経て、阿岐本の兄弟たちの多くは、さまざまな組織の大親分になっていった。

そうした人脈も、阿岐本の力と言えるだろう。

大組織の傘下に入らないのは、何よりも、阿岐本本人の意向の反映だ。彼自身が常々言うことだが、「古い人間」なのだ。

新しいことばかりがもてはやされる昨今の風潮に、阿岐本は断固として抵抗している。それを他人にあからさまに押しつけるわけではない。

けっこう流行に敏感なところもある。たいていのことは大目に見る度量もある。だが、芯のところで、決して譲れないものがあるのだ。

「小松崎《こまつざき》というやつがいてね」

永神の話が続いた。「まあ、俺の身内みたいなもんなんだが、そいつがちょっとした債権を抱えていてね……」

日村は「まずい」と思った。

やはり嫌な予想は的中しそうだった。

「ふうん。債権ねえ……」

阿岐本は関心なさそうな顔をしている。だが、日村は知っている。彼は興味津々《きょうみしんしん》なのだ。

永神はそれを心得ているので、阿岐本のところに債権の話を持ってくるわけだ。

「赤坂六丁目に古い銭湯があってさ」

「銭湯……」

阿岐本が怪訝《けげん》そうな顔をする。

日村は少しばかり安心した。阿岐本はこれまで永神が持ち込んできた不良債権になりそうな物件に並々ならぬ興味を示してきた。

出版社、高校、医院。

それらはどうやら、阿岐本のコンプレックスを刺激するようだった。若い頃、彼は教養や文化といったものと無関係だった。それが阿岐本の唯一のコンプレックスと言っていいだろう。

医療は、教養や文化とは関係ないじゃないかと日村は思っていたが、どうやら、阿岐本にとっては、医者は高学歴のシンボルの一つらしい。

勉強ができた子供の頃の学友の多くが、医者になっているようだ。

銭湯は、教養や文化という範疇《はんちゅう》には入らない。阿岐本はおそらく関心を示さないだろうと、日村は思った。

いや、そう期待していた。

永神の説明が続く。

「今どき銭湯も流行《はや》らない。どこの家にも風呂がついている。学生が住むようなアパートにも風呂がついている時代だ。ましてや赤坂だ。銭湯なんぞやっていけるような土地じゃねえんだ」

「そりゃわかるが……」

阿岐本は相変わらず釈然としない顔をしている。「赤坂六丁目といやあ一等地も一等地だ。どうにでも処分はできるだろう」

「それがさ、さっきの話だよ」

「さっきの話?」

「暴対法に排除条例だよ、アニキ」

「その小松崎ってのは、おまえの身内みたいなもんだと言ったな。つまりそいつもヤクザ者だってことかい？」

「そう。だから、債権を手に入れたはいいが、不動産の売り買いもできねえ。かといって、せっかく手に入れた債権をみすみす人に取られるわけにもいかねえ」

「モノがモノだ。それなりの値段で債権を買おうってやつもいるだろう」

「足元見られて二束三文がオチだよ。小松崎は今、ほとんど死に体でね」

「死に体……？」

「暴対法・排除条例で、なかなかシノギができねえ。収入源を絶たれて、夜逃げ寸前なんだ。この銭湯の債権処理に生きるか死ぬかがかかっている」

「それで、俺にどうしろと……」

「アニキの組は指定団体じゃねえ。規模が小さいので暴力団の規定からもお目こぼししてもらえるかもしれねえ。……となりゃ、不動産業との取り引きもできるだろう」

「債権処理の肩代わりをしろってことかい」

「何とかならねえかい」

阿岐本は腕組みをして大きな吐息を漏らした。

「誠司、おめえはどう思う？」

突然話を振られてもうろたえてはいけない。常に心の準備をしておかなければならない。それが代貸《だいがし》である日村の役目だ。

「債権処理の肩代わりをすれば、うちがその小松崎さんとやらに利益供与をしたということでパクられます」

阿岐本がうなずいた。

「そういうことだ。排除条例が施行されたときに言われたことだが、ヤクザの事務所にピザを届けても捕まるんだ」

永神が顔をしかめる。

「いくらなんでもそれは大げさだってのが、今現在のおおよその見解だけどね……」

「何かあれば警察はそれを利用して因縁をつけてくる」

永神が溜め息をついた。

「まったく警察《ヒネ》はタチが悪いよなあ。ヤクザよりひでえ」

「国家権力だからな。先代の父親……、つまり俺のじいさまだが、その人は文士《ぶんし》でね」

「文士……？」

「労働運動に強い興味を持っていたそうだ。それで、特高《とっこう》に引っぱられ、拷問され、それがもとで病気になって死んじまったそうだ」

「特高……」

「そうだ。ＧＨＱのおかげで特高はなくなったものの、警察の体質は今も変わっちゃいないねえ……」

日村は驚いた。阿岐本の祖父の話など初耳だった。

もしかしたら、阿岐本の文化コンプレックスはそのあたりから来ているのかもしれないと、日村は密《ひそ》かに思った。

永神が気落ちした様子で言った。

「何とかならねえかなあ……。土地は百坪。ボイラーや煙突なんかも鉄くずにすれば、中国あたりで高く売れるんだがなあ……」

「そりゃあ、俺だって何とかしてやりてえのはやまやまだが、なんせ排除条例がなあ……」

日村は補足するように言った。

「都の排除条例では、名義貸しも禁止されていますから……」

暴力団員は事業者と契約を結ぶことができないから、どうしたって誰かの名義を借りることになる。

それがばれたら、名義を借りたほうも貸したほうも御用となる。「ピザ」も注文できないと言ったのはそういうことだ。

「くそっ」

永神が悔しげにつぶやく。「俺たちはずっと、この稼業で飯を食ってきたのに、突然商売したらパクるっていう条例が施行されちまった。俺たち、どうやって生きて行きゃあいいんだ」

暴対法は平成四年、東京都の暴力団排除条例は平成二十三年に施行された。日村はその日を忘れない。

阿岐本はグラスのビールを飲み干す。日村は冷蔵庫からもう一本瓶ビールを持ってくる。空いたグラスにビールを注ぐ。

阿岐本が言った。

「まあ、せっかく来てくれたんだ。何とかなるかならねえか、それはわからねえが、とにかく詳しい話を聞いてみようか」

え、と日村は思った。

きっぱり断るんじゃないのか。

永神が嬉《うれ》しそうに言う。

「そうかい。話を聞いてくれるかい」

「だから、力になれるかどうかはわからねえと言ってるだろう。まずはその、小松崎ってやつについて、詳しく話してくんな」

「小松崎繁達《しげたつ》。俺の弟分でさ、今年五十歳になるのかな」

「いい年だな」

「赤坂六丁目に事務所を構えていたんだが、暴対法施行を睨《にら》んで、看板を掛け替えた。今じゃ『檜町《ひのきちょう》エージェンシー』という会社の社長だ」

「だが、組員なんだな？」

「ああ。俺と同じで板東連合の枝だ」

「その『檜町エージェンシー』ってのは何をやっている会社なんだ？」

「何でも屋だよ。結局、組事務所の看板を掛け替えただけだからな。ミカジメ取るために、飲食店にオシボリや観葉植物のレンタルをやったり、揉《も》め事の調停、総会屋、地上げの手伝いや借金のキリトリ……」

「その会社で何とか債権処理できねえのか」

「そいつは無理ってもんだ。今でも、警察のお目こぼしで細々とやってるようなもんだ。地元のマル暴は、『檜町エージェンシー』がフロント企業だってことは知っている。大きな取り引きがあれば、すぐに飛んでくる」

阿岐本は、再び腕を組んで、ふうんと息を吐いた。

「まさに、にっちもさっちもいかねえってやつだな……」

「何か抜け道はねえもんかな……」

しばらく考え込んでいた阿岐本が尋ねた。

「なんでまた、その小松崎ってやつは、風呂屋の債権を手に入れることになったんだ？」

「そいつは、三十年ほど前にさかのぼる話なんだ」

「三十年ほど前……」

「風呂屋が傾いちまったのは昨日今日のことじゃねえんだ。古い長屋みてえな家はどんどん取り壊され、立派なマンションに変わっていった。三十年ほど前から銭湯の客は激減していたんだ。それでもなんとか持ちこたえようと、当時の主人が奮闘した。銭湯を存続させるために、ほうぼうに借金もした。そして、その借金を残して死んじまうわけだ」

「後継ぎはたいへんだな」

「そう。先代の主人が死んだ後、若旦那のところに大勢の債権者が押しかけたそうだ。困り果てた若旦那は、遊び仲間だった小松崎に相談した」

「ヤクザに相談したってのかい」

「その若旦那ってのが博打《ばくち》好きでね。小松崎とは小学校時代からの知り合いだというんだが、馬が合ったんだろうね」

「それで……？」

「小松崎は、債権の取りまとめに駆け回った。やつには一つの目算があったんだ」

「目算……？」

「バブルだよ。やつは土地さえ押さえていれば金がいくらでも転がり込んでくると踏んだんだ。それでなんとか債権を取りまとめた」

阿岐本が驚いたように言った。

「おい、三十年前と言ったな。その小松崎ってやつは、いったいいくつだったんだ？」

「二十歳《はたち》そこそこでしょう」

「それで債権の取りまとめか……。たいしたやつだな」

「やつは若い頃、必死でしたからね。おかげで頭角を現すのも早かった。腕っぷしのほうはそうでもねえが、頭《ペテン》がしっかりしてやがってね……」

「けどそれは、三十年前の話だろう」

「そう。小松崎の読み通り、バブルがやってきて、土地は莫大な金を生んだ。やつは若旦那、つまり三代目なんだが……。彼のために風呂屋の債務を処理して、自分自身もそれなりの金を手に入れた」

「債務処理だって？　小松崎ってやつは、ずいぶんとお人好しなんだね」

「それも計算だ。普通のヤクザ者なら損切りでもして、さっさと債権を片づけてしまう。だが、小松崎は当時こう考えたわけだ。この物件は将来、金を生み続けるに違いないってな」

「それで……？」

「だが、世の中そんなにうまい話ばかりじゃねえ。じきにバブルは崩壊する。風呂屋の需要はますますなくなっていく。それで、どんどん左前になり、またしても借金が膨《ふく》らむ。それで、風呂屋の三代目は、再び小松崎に泣きついたってわけだ」

「なるほど……」

「当時若旦那だった三代目も今じゃ小松崎と同じく五十路《いそじ》だ。子供は風呂屋を継ぎたがらねえようだし、このあたりが潮だと考えたんだろうぜ」

「潮って、銭湯を畳むってことかい」

「小松崎はその前提でまた、債権を取りまとめた。だが、さっきも言ったように、本人は売り買いの契約ができない」

「三代目が自分で処理すればいい」

「債務物件だぜ。本人じゃどうにもならん」

日村は首を捻《ひね》った。

債務物件だって、やりようでどうにでもなるだろう。たしかにバブルの頃に比べれば資産価値は下がっている。だが、それでも手放せばかなりの金になるはずだ。

何か事情があるのかもしれない。これはうかつに手を出すと面倒なことになりかねない。

日村がそう思ったとき、阿岐本が言った。

「わかった。その小松崎ってやつに会ってみようじゃねえか」

2

永神はやってきたときとは打って変わって、晴れ晴れとした表情で帰っていった。

一方、日村は暗澹《あんたん》とした気分だった。

オヤジも面倒なことに首を突っこんだものだ。永神が言うほど楽観視はできない。阿岐本組も指定暴力団ではないが、一般的には暴力団ということになるのだろう。

だとしたら、阿岐本のオヤジにも不動産取引はできないことになる。

事実、排除条例が施行されてから、そういった取り引きをしたことがなかった。

オヤジはいったい、どうするつもりなのだろう。日村としては、できれば手を出してほしくない。

だが、こうした面倒事は金になる。交渉事でその報酬をもらうのも、ヤクザの代表的なシノギだ。

小さな所帯だが、阿岐本組も若い衆を食わせていかなければならない。そう思うと、オヤジに断れとも言えない。

いや、それ以前に、この世界では子が親に意見するなど、もってのほかだ。よく言われることだが、親が黒と言ったら白いものでも黒だと思わなければならない。

永神が帰った後、日村は事務所でいつもの席に腰を下ろした。応接セットのソファだ。そこで溜め息を洩《も》らした。

「代貸、どうなさいました？」

そう声をかけてきたのは、三橋健一《みつはしけんいち》だ。

彼は、四人いる若い衆の中で一番年上だ。まだ二十代だが、ダブルのスーツを着て、いっぱしの貫禄をみせている。

かつて不良たちの世界で、三橋はビッグネームだった。どんな喧嘩も三橋が駆けつければぴたりと収まったと言われていた。

とにかくガタイがよく、見るからに喧嘩が強そうだ。修羅場をくぐっているだけあって肝が据わっており、頼りになるやつだと日村は思っている。

「どうしたって、何が？」

「浮かない顔をされていますが……」

「そんなことはない」

「オジキがまた何か面倒な話を持ってきたんですね？」

質問を無視しようとして、日村は気づいた。

他の三人も、日村に注目している。いや、正確に言うと、一人だけ日村のほうを見ていなかった。

市村徹《いちむらとおる》は、ノートパソコンに向かい、そのディスプレイをじっと見つめている。彼の名はトオルと読むのだが、みんなからはテツと呼ばれている。

坊主刈りにジャージという恰好《かっこう》は、組事務所では珍しくはない。だが、テツのように度のきつい眼鏡《めがね》をかけている若者はあまり見かけない。

彼はかつて引きこもりだった。家庭環境があまり芳《かんば》しくなく、中学生くらいから部屋に閉じこもるようになった。

そのときにパソコンをいじり始め、ゲームやネットの世界に没頭した。いつしかいっぱしのハッカーになり、どこかの省庁のサーバーに侵入したとかで補導された。

家庭に居場所がないことを知ると、阿岐本はテツの面倒を見ると言い出した。以来、事務所に居着いている。

彼は、日村のほうを向いてはいないが、興味津々で聞き耳を立てているのは明らかだった。

「今度はいったい、何ですか?」

そう尋ねたのは、二之宮稔《にのみやみのる》だ。彼はそのまま稔と呼ばれている。

稔は元暴走族だ。所属していた族が解散してふらふらしているところを、阿岐本に拾われた。

彼は若い頃、とにかくグレていた。若い衆の中でも一番の跳ねっ返りで、すぐに喧嘩腰になり、日村もずいぶんと手を焼いた。それが不思議なことに、あるときからぴたりとおとなしくなった。

さらに、志村真吉《しむらしんきち》が言う。

「永神のオジキの話だから、また何か面白いことでしょう?」

真吉は、二十歳になったばかりで、一番の若手だ。

優男《やさおとこ》で出入りの役には立たない。だが、不思議なことに、やたらと女にもてる。十代の頃からヒモのようなことをやっていた。

マメに女を口説くタイプではない。日村には、ぼうっとしているようにしか見えない。

それでも常に何人かの女と付き合い、次々と言い寄る女が現れるというのだ。魔法を使っているとしか思えない。

日村は説明するしかないと思った。

「風呂屋だ」

「えっ」

健一が言う。「出版社とか学校とかじゃないんですか？」

「そんな話が、そうそうあるはずがない」

「そりゃそうですが……」

稔が尋ねる。

「風呂屋って、銭湯ということですか？」

日村はかぶりを振った。

「詳しいことは知らない。何でも、赤坂にあるってことだ」

「へえ……」

真吉が言う。「赤坂なんて東京の中心地にも銭湯があるんですね」

「あたりめえだろ」

健一が真吉に言った。「銭湯なんてどこにでもあるさ」

「でも、最近はあんまり見かけないじゃないですか。健一さん、銭湯に行くことなんてあるんですか？」

「そりゃ、ねえけど……。とにかく、昔はどこにでもあったんだよ」

健一は、日村に眼を戻して尋ねた。

「それで、銭湯をどうするっていうんです？」

「永神のオジキによると、債権を取りまとめた兄弟が処分したがっているらしい。その肩代わりを頼まれたんだが……」

健一はうなずいた。

「なるほど、排除条例ですね」

「あの……」

ずっとパソコンを見つめていたテツが、恐る恐るという体で尋ねる。「処分するという話なんですか……」

健一が日村の代わりに聞き返す。

「おまえ、何言ってるんだ？」

「いや……」

テツはまるで叱られたかのようにうつむく。

真吉が言う。

「テツさんは、銭湯で働くことになるんじゃないかと言ってるんですよ。自分も同じことを考えています」

日村は言った。

「俺もそいつを恐れていたんだ。これまで、オヤジの気紛《きまぐ》れで、ずいぶんと苦労をしてきたからな。だが、今回は債権の処分の話だ。そういう心配はないだろう」

「はあ……」

真吉とテツが顔を見合わせた。

健一や稔も何か言いたそうにしている。

そのとき、日村は気づいた。

こいつらは、オヤジの気紛れというか道楽を楽しみにしているのではないか。

これまで、つぶれかけた出版社や、廃校寸前の高校、経営に行き詰まった病院などに乗り込み、それらを立て直してきた。

オヤジの指揮の下、健一たち若い衆も奮闘した。彼らはもしかしたら、まっとうな仕事をすることに喜びを見いだしたのではないだろうか。

だとしたら、オヤジも酷なことをする。

まともな仕事に就けないからこそ、彼らはヤクザなんぞをやっているわけだ。

堅気《かたぎ》の仕事の喜びなど、彼らにとっては余計なものだ。

もちろん、正業に就くに越したことはない。だが、学歴もない元不良少年を、社会はなかなか受け容《い》れてくれない。

雇ってくれるところがあっても、ブラック企業だったりする。期待しては裏切られる。その繰り返しで、ますます世間を怨《うら》むようになる。

日村は、いやというほどそれを経験してきた。だから、健一たちにはそういう余計な苦労をしてほしくないと思うのだ。

日村は言った。

「いずれにしろ、オヤジの考え一つだ」

健一が一言「はい」と言い、それで話は終わりだった。

インターホンのチャイムが鳴り、真吉が出た。

「はい。何でしょう」

「あ、甘糟《あまかす》だけど……」

真吉が日村のほうを見た。日村は言った。

「お通ししろ」

甘糟は、所轄《しょかつ》警察署のマル暴担当刑事だ。

真吉がドアを開けると、完全に怯《おび》えた様子の甘糟が入ってきた。

組事務所にやってくるマル暴刑事はたいてい威張《いば》り散らしている。それは虚勢なのだと日村は思っていた。

彼らもヤクザだらけの事務所にやってくるときは緊張しているのだ。その緊張をごまかすための虚勢だ。

「ごくろうさんです」

日村が言うと、若い衆が声をそろえて同様に「ごくろうさんです」と挨拶をした。

「だからさ……」

甘糟は落ち着かない様子で言った。「そういう挨拶はいいって……」

「どうぞこちらへ」

日村は甘糟を応接セットに案内する。いつものことだ。

甘糟が腰を下ろすと、稔がすぐに茶をいれて持ってきた。甘糟が目を丸くする。

「お茶もいいって、いつも言ってるだろう。お茶なんて飲まないからね」

「いや……。客に茶も出さない、なんてわけにはいきませんので」

「お茶なんて飲んだら、ヤクザの接待を受けたってことになりかねないからね」

日村は苦笑した。

「大げさですよ」

「俺たち、それくらい気をつけなきゃならないんだよ」

つまり、それだけびびっているということだ。こんなマル暴は初めてだった。

昨日今日の付き合いではない。それなのに、甘糟はやってくるたびにびくびくしているのだ。

マル暴は、ヤクザと見分けがつかないようなタイプが多い。そのほうが仕事がやりやすいのだろう。だが、甘糟はいっこうにこの業界に馴染《なじ》む様子がない。

よくこれでマル暴刑事がつとまると、日村は会うたびに思う。

「それで……」

日村は尋ねた。「今日は、どんな御用でしょう」

甘糟は言った。

「ここに赤坂の永神が来ただろう」

「さすが、マル暴ですね。オジキが帰ると、すぐにやってくるとは……。うちの組を監視しているんですか？」

「何か、監視されるようなこと、やってるの？」

「別にそういう覚えはありませんが、ヤクザを見張るのがマル暴のお仕事でしょう」

「監視されているのは、あんたらじゃないよ」

日村は眉をひそめた。

「じゃあ、永神のオジキが監視されているということですか？」

甘糟は慌てた様子で言った。

「いや、俺、何も言ってないからね。そんなこと、何も知らないから……」

「そこまで言って知らないじゃ通りませんよ」

「ちょっと」

甘糟はむっとした顔になった。「質問するのは俺のほうだからね。なんで俺が問い詰められなきゃならないの？」

「オジキが監視されているとなりゃ、聞き捨てならないじゃないですか」

「赤坂署の仕事だからね。何を調べているのか、俺は知らない」

「赤坂署から問い合わせがあったということですか？」

「まあね。永神が小さな暴力団事務所らしいところを訪ねたけど、どういう間柄だって……」

「ほう……」

「あ、また俺が質問されてる。だからさ、話を聞くのは俺のほうなんだ」

「何をお訊《き》きになりたいんで？」

「永神は何しに来たの？」

これはまたストレートな質問だ。

「別に何ということは……。オヤジと永神のオジキとは兄弟ですからね。会いに来ても不思議はないでしょう」

「何かまた企《たくら》んでるんじゃないの？」

甘糟は疑いの眼差《まなざ》しを向ける。

それが彼の仕事だから仕方がない。

「悪いことを企んでいるわけじゃないですよ。俺たちだって生きていかなきゃならないんです。仕事の話だってします」

「どんな仕事の話？」

「あくまでも一般論ですよ。オヤジとオジキがどんな話をしたかなんて、自分は知りませんから……」

これくらいの嘘《うそ》は許されるはずだと、日村は思った。

「頼むから、問題起こさないでよね。俺、揉め事は嫌いなんだから……」

「問題なんて起こすつもりはありません」

まあ、起こすつもりはなくても起きることもあるが……。

「本当に組長と永神が何を話していたのか知らないんだね？」

「知りません」

甘糟は立ち上がった。

「何かあったらまた来るからね」

「ゆっくりしていってくださいよ」

「冗談じゃないよ。組事務所にゆっくりしていきたいやつなんていないよ」

「いいですね」

「何が？」

「甘糟さんは、一般市民の感覚を大切になさっている」

彼は溜め息をついた。

「わかってるよ。マル暴らしくないって言いたいんだろう」

日村は何も言わなかった。

甘糟は言った。

「俺もつくづく、向いてないと思うんだよねえ……」

「仕事は向き不向きだけじゃありません」

「そうだよなあ……」

そうつぶやきながら、甘糟は事務所を出て行った。

若い衆がまた「ごくろうさんです」と声を合わせる。

甘糟は、少々頼りないが憎めない人だと、日村は思っていた。

その日の午後五時過ぎに、永神がまた事務所にやってきた。彼は一人の男を伴っていた。

永神と同年代だ。

「おう、日村。アニキとは話がついているんだ」

「少々お待ちください」

阿岐本は、事務所の奥の組長室にいた。日村は、阿岐本に告げた。

「永神のオジキがおいでです」

両袖の机の向こうの阿岐本が言う。

「おう。待ってたんだ。通せ」

机の前には応接セットがあり、その向こうには大きな神棚があった。その脇には提灯《ちょうちん》が並び、昔ながらの俠客《きょうかく》の事務所の雰囲気だ。

永神とその連れを案内すると、阿岐本は日村に言った。

「おめえも同席しな」

「はい」

永神とその連れがソファに腰を下ろす。阿岐本は自分の机に向かったままだ。日村はその机の脇に立った。

阿岐本が永神に言った。

「そちらが、小松崎さんだね？」

永神の隣の男が立ち上がり、丁寧に頭を下げた。

「お初にお目にかかります。小松崎繁達と申します」

「まあ、お座りください」

「はい」

小松崎が再び腰を下ろす。そこに稔が茶を持ってきた。絶妙のタイミングで、日村は誇らしかった。

茶をすすると、阿岐本が言った。

「小松崎さん。困っておいでだということだね」

話を聞いたら、もう後戻りはできない。
日村は心の中で溜め息をついていた。

3

「永神さんからお聞き及びのことと存じますが……」

小松崎はそう前置きしてから話しだした。「赤坂の銭湯なんですが、過去何度も経営の危機がありまして、そのつど何とか乗りきって参ったのですが……」

しゃべり方がヤクザというより、銀行員のようだと、日村は思った。

出《い》で立《た》ちも極道とは思えない。すっきりとしたスーツ姿で、縁の細い眼鏡をかけている。

阿岐本が言った。

「あんたが、かつて債務の処理をなさったそうですね」

「いろいろと苦労しました」

「それでまた、債務を抱えておいでだと……」

「お恥ずかしい話ですが、どうにも良い方法が見つかりませんで……」

「経営者の方とは昔からのお知り合いだとか……」

「幼馴染みというやつでして……。小学校がいっしょでした。その後、なんとなく付き合いが続いていました」

「その人は先代の借金を抱えて苦労されていたそうだね？」

「ずいぶん昔の話ですが、それもなんとか切り抜けました」

「赤坂に会社をお持ちなんですね？」

「はい。ごく小さなものですが……」

「その会社じゃ、銭湯を処分することはできねえのかい」

「不動産取引のような大きな話になると、手が出せません」

「しかし……」

阿岐本は一つ息をついてから言った。「赤坂といやあ、都内でも一等地だ。そこの不動産なんだから、処分しようと思えば、どうにでもなるはずだ」

「私どもが何かしようと思うと、必ず警察が何か言ってきます。土地の売り買いなどできないのです」

「それでも、やりようはあるはずだ。切羽《せっぱ》詰まっているんだろう」

「はい。そうなんです」

「損切りで、堅気に債務を譲渡するとか……」

「それでは、名義貸しだと言われて、先方にも迷惑がかかります」

「どうもよくわからねえな……。俺に何をしろと言ってるんだ？　こう見えても、俺もヤクザなんでね。排除条例にはひっかかるんだよ」

「こう見えても」も何も、どこから見ても立派なヤクザだ。

日村は、密かにそう思っていた。

阿岐本は、どうやらこの話を怪しんでいるようだ。日村も同様だった。

ずだ。

銭湯を売っぱらえばいいだけの話だ。阿岐本が言うように、いくらでもやりようはあるはずだ。

こういう場合、慎重に話の内容を検討するのは日村の役割だ。ヤクザの交渉事では、話を持ち帰ってよく考える、などという暇はない。

その場で即断即決しなければならない。そのための判断が必要だ。それが代貸である日村の役目なのだ。

小松崎と永神が顔を見合わせた。

その様子を見て、日村は、おや、と思った。何か二人で示し合わせているようにも見える。

小松崎が言った。

「おっしゃるとおり、損切り覚悟なら、方法はあるかもしれません」

「できるだけ損は出したくないということかい」

「いえ、そういうことでもなく……」

「わかりませんねえ。どういうことなのか、はっきりおっしゃってもらわねえと……」

小松崎はもう一度永神の顔を見た。それから、腹をくくったように阿岐本を見据えて言った。

「惜しいんです」

「惜しい？」

阿岐本が怪訝そうに言う。「何が惜しいんです？」

「銭湯が、です。私は生まれも育ちもあの界隈《かいわい》なんで、思い出があるんです。赤坂といっても、昔檜町と呼ばれたあたりは、住宅街だったんですよ。子供の頃には、何人か集まって銭湯に行ったりしました」

「そりゃあ……」

阿岐本が戸惑《とまど》ったように言う。「思い出もあるだろうが、なにせ債務を抱えているんだろう。そんなこたあ言ってられねえだろう」

「おっしゃるとおりです。ビジネスなんだから、割り切らなけりゃならない。誰もがそう言います。でも、それが本当に正しいのかどうか……」

「どういうこってす？」

「利益を追求するために、情けもへったくれもなく、余計なものを切り捨てて行く。それがビジネスだと、いつの間にか思い込まされてしまっているような気がします。でも、それはおそらくアメリカのビジネスを真似《まね》しただけのことでしょう。日本の商《あきな》いというのは、もっと血の通ったものだったはずです」

「そうは言っても、今の日本はすっかりそうなっちまっているんだからしょうがねえでしょう」

「ひたすら利益だけを追求した結果、アメリカはひどいありさまです。資本と技術が乖離《かいり》してしまったのです。資本はただ会社の売り買いだけで儲《もう》け、技術はベンチャー企業が担うしかなくなりました」

「まあ、そういうご時世だからねえ……」

阿岐本は相槌《あいづち》を打ちながら、相手の話に興味を持ちはじめた様子だ。

またしても、日村は悪い予感がしてきた。話がどこに向かっているのかわからない。

小松崎の話はさらに続いた。

「ビジネスなんだから、情けなんか切り捨てなきゃだめだ。みんなそう言いますが、本当にそう思っているのでしょうか。心のどこかで、情けあっての商売じゃないかと思っているのではないかと、私は期待するのです」

「情けあっての商売ね……。そりゃあ、まあ、理想だが……」

「今の世の中、何だか暗い話ばかりじゃないですか。それって、ビジネスが血も涙もないものだというアメリカのスタイルを真似るようになってからでしょう。昔は貧しかったけど人々は希望を持っていた気がします。それは、何か信じられるものがあったからじゃないでしょうか。金儲けは大切です。でも、何のための金儲けなのか、が重要なのだと思います」

日村はちらりと阿岐本の様子を見た。

体を前に乗り出している。小松崎はすっかり阿岐本の心を捉えてしまったようだ。

今のところ、日村が文句を付ける余地はない。ビジネスの理想論でしかないのでイチャモンのつけようがないのだ。

阿岐本が言った。

「おっしゃるとおりだ。若者が希望を持てねえ国って、いったい何だろうと思うね」

「心の拠《よ》り所ってものが必要なのだと思います」

「俺もそう思うよ」

「問題の銭湯は、経営者の心の拠り所なんです」

「それは、つまり、売っぱらいたくねえってことかい」

小松崎はうなずいて言った。

「実際、処分するのも難しいのが現状です。だったら、別の方策もあり得るのではないか、と……」

「別の方策と言うと……?」

「停まった機関車を処分するのが難しければ、走らせればいい、と……」

「ほう……」

「永神さんから、阿岐本親分の手腕についてはうかがっております。これまで、出版社や私立高校、病院などの経営危機を救われたとか……。そのお力をお借りしたいと存じまして……」

待て待て待て。

日村は、思わず叫びそうになった。

話が妙な方向に進んでいる。

だが、阿岐本の前だ。勝手に発言するわけにはいかない。

阿岐本はさらに少しだけ身を乗り出した。

「じゃあ、この俺に、銭湯の立て直しをやれということかい」

「無理を承知でお願いしております。銭湯の経営者は三代目なのですが、創業者の志《こころざし》を大切にしようと考えているのです」

「ヤクザ者と遊び呆《ほう》けていたという話を聞いたがね」

「たしかに博打好きで、競馬、競輪、競艇と、若い頃は散財しましたが、今はきっちり心を入れ替えております。苦労をするようになって、ようやく創業者の思いが理解できたのだと言っておりました」

「先代が亡くなってから、苦労されたそうだね」

「はい。先代が五十歳の若さで亡くなられまして……。一九九五年のことです。今の経営者は二十八歳で後を継ぎました」

「借金があって、先代が亡くなると、債権者が押し寄せたそうだね」

「はい。それもなんとか乗り切れました」

「待てよ……。計算が合わねえな……」

阿岐本は首を捻った。「あんたが、その風呂屋の三代目に相談されて債権を取りまとめたのは三十年ほど前のことだと聞いたぞ。あんたはバブル景気で土地の資産価値が上がったことで何とか乗り切ったということだったな。一九九五年じゃ、もうとっくにバブルは弾けちまっている」

永神が言い訳するように言った。

「あ、ちょっと話をはしょっちまったかもしれない。小松崎が暗躍したのは、当代がまだ若旦那の頃からだ。つまり、先代がまだ生きておいでの頃から、若旦那に頼まれて動き回っていたということだ」

小松崎が言った。

「暗躍というのは、人聞きが悪いですが、実際、人目につかぬようにしていました。先代が生きておいでのときは、私などはおおっぴらに動けませんでしたので……」

「それで、先代が亡くなり、やってきた債権者に対して、債務を次々と処理していったというわけだ」

「そういうことです」

「なるほどねえ……。三代目と苦労を共にしたあんたにしても、銭湯をつぶしちまうのは忍びないだろうねえ」

「はい。おっしゃるとおりです」

いかん……。

日村は思った。

阿岐本の気持ちは、すっかり風呂屋の経営者と小松崎のほうに傾きつつあった。

つまり、債務処理ではなく、経営の立て直しを考えはじめたのだ。

今どき風呂屋の再建など、負け戦《いくさ》に決まっている。これまでの出版社や学校、病院などとは訳が違う。

もう時代が求めていないのだ。風呂はどこの家にもある時代だ。コインランドリーにシャワーを併設しているところもある。

赤坂に風呂なしの家やアパートがそうそうあるとも思えない。

絶対に失敗する。

誰が考えても明らかだ。阿岐本がこの話を引き受けたら、間違いなく組もつぶれる。日村も他の組員たちも路頭に迷うことになる。

ここは何が何でも意見しなければならない。

日村がそう思ったとき、阿岐本が言った。

「どう思う？　誠司」

「え……」

日村は完全に虚を衝《つ》かれた。まさか、向こうから意見を訊いてくるとは思ってもいなかった。「いや、今どき銭湯は……」

「やっていけねえと思うかい」

「ええ。そう思います。銭湯が存続できるような時代じゃありません」

「なるほど、時代ねえ……」

「はい」

「じゃあ、おめえは、この世に銭湯など必要ねえと思っているわけだ」

「いや……」

そう言われて、日村はうろたえた。「そういうわけでは……」

はっきり「そうです」と言えばよかった。だが、なぜか言えなかった。

阿岐本が言う。

「おめえだって、ガキの頃、銭湯に行ったことくらいあるだろう」

「はい」

日村は子供の頃、母親と二人で安アパート住まいだった。風呂などついていなかったので、銭湯にはよく行った。

「じゃあ、銭湯がどんなもんか、よく知っているだろう」

「もちろん知っています」

「だったら、日本には銭湯が必要だってことがわかるはずだ」

「あ、いえ……」

日村は子供の頃のことを思い出していた。楽しいことなんてあまりなかった。貧乏暮らしで、母親はいつも疲れているように見えた。

小学校に入るまでは、母親といっしょに銭湯の女風呂に入っていた。それが不自然なことではなかった。

一人で銭湯に行きはじめたのはいつの頃からだろう。

湯上がりに、近所の子供たちがコーヒー牛乳を飲んでいた。日村はそれを買う金など持たせてもらえなかった。

いつかあの茶色がかった飲み物を飲んでみたい。いつもそんなことを思っていた。湯上がりの火照《ほて》った体で銭湯を出ると、町が夕焼けに染まっていた。その景色は今でもありありと覚えていて、これまで見たどの景色よりも美しかったと、日村は思っている。

おそらく、もっときれいな景色はいくらでも見ているはずだ。だが、記憶に残っているのはその光景だった。

だから、日村だって銭湯を懐かしく思う。だが、懐かしさだけでは経営は成り立たない。

「そういや、俺たちがガキの頃は、銭湯にモンモン背負《しょ》った人がけっこう入ってたよな」

阿岐本が突然話題を変えた。

「そうですか?」

永神が聞き返した。「俺は記憶にないなあ……。誠司はどうだ?」

「いえ、自分もスミの入った人が浴場にいた記憶はありません」

そんな話はどうでもいい。

日村は思った。思い出に浸っている場合ではない。なんとか、阿岐本の気持ちを修正しないと、とんでもないことになる。

阿岐本が言った。

「そうか……。いつ頃、銭湯からモンモンが消えちまったんだろうな……」

小松崎がじっと阿岐本を見つめている。返事が聞きたいのだ。だが、急《せ》かしたりはしない。なかなか交渉術をわきまえている。

まあ、それも当然だ。小松崎は見かけは完全に堅気だが、れっきとしたヤクザなのだ。ヤクザは交渉で稼ぐのだ。

日村は、ヤキを入れられるのを覚悟で言った。

「あの……。今さら銭湯の立て直しというのは、やっぱり無理なんじゃないでしょうか……」

阿岐本は日村の顔を見上げた。日村は思わず半歩下がった。

この場でタコ殴りにされる。

日村はそう思った。永神は身内だから気を遣うことはない。小松崎は客だが、永神の兄弟分だというから身内みたいなものだ。

日村は覚悟を決めて、首《こうべ》を垂れた。怒鳴り声が聞こえてこない。ちらりと顔を見ると、阿岐本がにこやかに笑っていた。

日村はぞっとした。殴られるより怖い。

「やっぱり無理だと思うか、誠司」

「はい。そう思います」

「俺も、そう思うよ」

日村はその言葉に救われたような気がした。

「じゃあ、やはり、処分の方向で……」

阿岐本がかぶりを振った。

「俺はな、無理だと思えば思うほど、挑戦したくなるんだ。なあ、誠司、おまえだってそうだろう」

「いや、自分は……」

「そうだよな、誠司。それでこそ、俺の代貸だ」

その一言で、日村は何も言えなくなった。

阿岐本に「死ね」と言われれば死ぬ覚悟ができているはずだった。こんなことくらいでうろたえていてはいけない。

日村は、自分にそう言い聞かせようとした。だが、なかなか受け容れられない。

溜め息が出そうだった。

日村と対照的に、小松崎の表情は、ぱっと明るくなった。

「さすが、阿岐本の親分さんです。今どき珍しい男の中の男でいらっしゃる」

永神もほっとした顔をしている。

「アニキはそう言ってくれると思っていた」

阿岐本が表情を引き締めて言った。

「だが、こいつはしんどい戦になる。勝ち目はほとんどねえんだ。だから、小松崎さん、あんたの力も借りねえとな。若い頃からやり手だったそうじゃねえか。頭《ペテン》がしっかりしていると永神が言っていた。それを頼りにさせてもらうぜ」

「私にできることなら、何なりと……」

「それから、永神」

「はい」

「おめえの助けも借りることになるかもしれねえ」

「もちろんだよ、アニキ」

「よし、話は決まった」

三人は、すこぶる機嫌がいい。

だが、日村は目眩《めまい》がしそうだった。

どうして、オヤジはもっと現実的に物事を考えられないのだろう。

今どきこんなヤクザはいない。この稼業では、誰でも即物的だ。現実の厳しさをよく知っているからだ。

だがまあ、普通ではないので、日村も慕っているわけだ。阿岐本だってこれまでとてつもない苦労をしてきたはずだ。文字通り命を懸けたことだって一度や二度じゃないはずだ。

だが、そんな苦労などは微塵《みじん》も感じさせない。どんな辛苦よりも、阿岐本の度量のほうが大きい。死ぬほどの思いをしても、その度量がすべて呑み込んでしまうのだ。

オヤジなら何とかしてしまうかもしれない。

日村はせめて、そう思うことにした。

4
「善は急げだ」

阿岐本が永神に言った。「その銭湯とやらを見に行こうじゃねえか」

「え、今からかい……」

永神が目を丸くして時計を見た。午後六時になろうとしている。「これから風呂屋は書き入れ時だ」

「なに、風呂に入ろうってんじゃねえんだ。どうせ、モンモンがあるから入れねえだろう。外から建物の外観だけでも眺めてみようってことだよ」

「何も今日じゃなくても……。せっかくだから、飯でも食わねえか？」

「銭湯がある赤坂は、おめえの地元だろう。飯ならそこで食えばいい」

すかさず小松崎が言った。

「赤坂には私の会社もあります。食事のことなら任せてください」

「決まりだ。おい、誠司。すぐに出かけるぞ。おまえも来い」

こうなれば、もう阿岐本のオヤジを止められる者はいない。

日村は言った。

「車を出しましょう」

「そうしてくれ」

すると、永神が言った。

「俺は小松崎の車に乗る。住所を言うから、カーナビに入れるように言ってくれ」

永神が住所を言った。赤坂六丁目だった。

「失礼します」

日村は小松崎と永神にそう断って、組長室を出た。稔に命じる。

「おい、すぐに車の用意だ。住所をナビに入れておけ」

永神から聞いた住所を伝える。

「はい」

稔はすぐさま事務所を出て行った。余計なことは言わない。ただ命令に従うだけだ。日村の教育の賜物《たまもの》だ。

日村は、組長室に戻った。

「いつでもだいじょうぶです」

阿岐本が上機嫌で言った。

「じゃあ、出かけようか」

助手席に座った日村に、後部座席の阿岐本が言った。

「誠司。おめえが考えていることはわかるよ」

「は……？」

「こちとらだって余裕があるわけじゃねえのに、風呂屋の経営に首を突っこむなんて、酔《すい》狂《きょう》だと思っているんだろう」

稔がぴくりと反応した。横目でちらりと日村を見る。

日村はそれに気づいていながら無視した。

稔から他の若い衆に連絡がいくはずだ。彼らはきっと朗報だと思うに違いない。阿岐本がやることを、面白がっているのだ。

代貸の日村としては冗談ではない。

このシノギのたいへんなご時世に、道楽が過ぎると思っている。だが、そんな思いはおくびにも出せない。

「そんなことはありません」

日村はそうこたえるしかない。

阿岐本は溜め息をついてから言った。

「小松崎ってやつぁ、道理がよくわかっている」

「道理ですか……」

「そうだ。俺はな、何よりも道理ってもんが大切だと思っている。義理よりも人情よりも、もちろん金よりも大切なもんだ」

「はあ……」

「そりゃあ、生きていくにゃあ、義理も大切だ。人情も大切だし、金だって重要だ。だがな、道理を忘れちゃ、生きてる意味がねえんだよ」

「生きている意味がない……」

「おめえ、銭湯って何だと思う？」

「何って、風呂屋でしょう」

「そりゃそうだ。俺が訊きてえのはな、日本人にとって、どういうもんか、ってえことだ」

「そりゃまた、大きな話ですね」

「そうさ。大きな話なんだよ。道理なんだからな」

「おっしゃってることが、よくわからないんですが……」

「今のこの国は、俺が若い頃とはずいぶんと違ってきちまっている。もちろん、よくなった部分もあるよ。だがな、なくしちゃいけねえものを、ずいぶんとなくしちまったんじゃねえかと思っている」

「それと銭湯と何か関係があるんですか？」

「ある」

阿岐本は言った。

「どう関係があるのでしょう？」

「それは、おめえが自分で考えてみるんだな」

どういうことだろう。

日村は首を捻った。

たしかに、いろいろなものがなくなっていく。銭湯もその一つだ。それは、必要がないからなくなっていくのだろう。

各家庭に風呂があるのだから、わざわざ金を払って風呂屋に出かける者はいなくなる。日村はそう考えていた。

必要がないからなくなる。必要だったら、存続できるはずだ。

日村はそう考えていた。

その考えが間違っているとは思えない。だとしたら、阿岐本のほうが間違っているということだろう。

そこまで考えて日村は、小さく溜め息をついた。

どちらが間違っているかという問題ではないのだ。親に逆らうことはできない。つまり、この先、どうしたらいいかを真剣に考えなくてはならない。

つぶれかけている銭湯の立て直しなど、うまくいくはずがない。そして、失敗は組の存続を危うくするのだ。

阿岐本は、無理なことに挑戦したくなるのだと言った。

無理なものに挑戦することこそ、道理に合わないのではないかと日村は思う。

だが、そんなことを考えても仕方がない。阿岐本の思うとおりにいくように、日村はひたすら頭と体を使うしかないのだ。

た。

「お、煙突が見えてきたね……」

乃木坂《のぎざか》を過ぎた頃、阿岐本が言った。

通りに面して、ホテルが建っている。その裏手にたしかに、風呂屋らしい煙突が見えてい
た。

こんなところに風呂屋の煙突……。

日村は驚いた。近くのホテルはだいじょうぶなのだろうか。

前を走る小松崎の車が、赤坂小学校前という信号を右折し、さらにすぐ左折した。稔は危なげなくその後をついていく。

やがて、二台の車は路地で停車した。

さらにその路地から左に入った細い路地の先に風呂屋があった。

周囲にはビルが建ち並んでいる。だが、その一角だけ、まるで時代に取り残されたような風情だった。

古い一戸建ての民家が並び、その奥に民家と同じくらいに古いたたずまいの銭湯があった。

日村はその細い路地に、しばしたたずんでいた。不思議な気分だった。まるで、タイムスリップしたようだった。

その路地の周囲だけが、セピア色に見えるような気がした。

車から降りてきた小松崎が言う。

「私は、子供の頃からここに通っていました。今も、客が帰って湯を落とす前に、こっそり

入れてもらったりしています」

阿岐本が言った。

「そうか。あんたもモンモンを背負ってるのか」

「今どき、こんなもん、商売の邪魔にしかならんのですが……」

「ヤクザはガマンを背負ってナンボだったんだがなあ……」

阿岐本が風呂屋のほうを眺める。

日村は周囲を気にしていた。物騒な風体《ふうてい》の男たちが路地に集まっていたら、近所の人が怯えるだろう。

へたをすれば通報されてしまうかもしれない。

小松崎が言った。

「銭湯のご主人に会って行かれますか？」

阿岐本はかぶりを振った。

「いや、今日のところはやめておきましょう。物件を見たかっただけです」

「それで、どうでしょう。立て直せますか？」

阿岐本はしばらく無言で風呂屋を眺めていた。そして、おもむろに言った。

「やれるかやれないか、じゃねえ。やらなきゃならんのだろう」

小松崎はうなずいた。

「おっしゃるとおりです」

「きっとやりようはある」

「心強いお言葉です」

「さて、じゃあ飯にするか」

「では、ご案内しましょう」

阿岐本と小松崎が歩き出そうとしたとき、路地の曲がり角のほうから一人の男が近づいてきた。

一目見て堅気じゃないと、日村は思った。かといって、ヤクザでもない。

小松崎と永神が顔を見合わせた。そして、永神がそっぽを向いて舌打ちした。それで相手の素性がわかった。

その男が言った。

「小松崎に永神か……。こんなところで何をしている」

小松崎がこたえた。

「蛭田《ひるた》さんこそ、どうなさったのです」

「こっちの質問にこたえろ」

「これから食事に行くところですよ」

「そっちにいるのは何者だ？」

「私のお客です」

「名前を訊いているんだ」

小松崎が蛭田と呼んだ男は、その名のとおり、蛭のようにいやらしいタイプに見えた。年齢は五十絡みだ。

黒いスーツにノーネクタイ。太いチェーンのネックレスをしている。金色だが、純金かどうかは怪しいものだ。

髪を短く刈り、薄く色の入った眼鏡を掛けている。柔道か何かで鍛えたのだろう。首が太く、ずんぐりとした体格をしていた。

見かけはまるでヤクザだ。

阿岐本が小松崎に尋ねた。

「こちらは？」

「赤坂署の蛭田巡査部長です」

蛭田がうなるように言った。

「勝手に紹介してんじゃねえよ」

それから彼は阿岐本に言った。

「こっちの素性を明かしたんだ。そっちも名乗ったらどうだ」

阿岐本は泰然として言った。

「阿岐本雄蔵と申します。よろしく」

「どこのもんだ？」

「綾瀬《あやせ》のほうに住んでおります」

「看板を名乗れって言ってんだよ」

組織の名前を言えと言っているのだ。広域暴力団の構成員だと思っているのだろう。

今どきはどこの組もたいていそうだから、蛭田がそういう質問をするのも無理はないと日村は思った。

阿岐本は言った。

「もう名乗りました。綾瀬の阿岐本です」

蛭田は、わずかに身をひいた。阿岐本の貫目《かんめ》にたじろいだのだろう。

だが、それも一瞬のことだ。蛭田は再び偉そうに言った。

「その綾瀬の住人が、なんで赤坂をうろついているんだ？ 説明してもらおうか」

「別に何もしておりません。ただ、この界隈を眺めていただけです」

「そんな話が通るかよ。ナンなら、署まで来てもらうぞ」

小松崎が困ったように言う。

「本当に何もしちゃいませんよ。蛭田さんはどうしてここにいらっしゃるのです？」

蛭田は小松崎を睨みつけて言った。

「通報があったんだよ」

やっぱりか、と日村は思った。

最近は、何でもすぐに警察に通報したがる。やはり、ヤクザが四人、住宅街でつるんでいては、住人にとって迷惑だろう。

それにしても、駆けつけるのがやけに早いな、と日村は思った。

一一〇番してから、地域課の係員やパトカーが到着するまでのレスポンスタイムは全国平均で六分五十七秒だと言われているが、蛭田がやってきたのはそれよりもはるかに早かった。

何か理由があるに違いないと、日村は思った。

そう言えば、マル暴の甘糟刑事が、赤坂署から問い合わせがあったと言った。連絡したのは蛭田かもしれない。

小松崎か永神がマークされているのかもしれない。あるいは、両方が……。

いずれにしろ、タチのよくなさそうな刑事だ。

阿岐本が言った。

「私らこれから食事に出かけるのです。特に用がなければ、これで失礼したいのですが……」

「俺が声をかけたってことは、用があるってことなんだよ。おう、小松崎。てめえ、永神とつるんで何を企んでるんだ?」

「何も企んでなんかおりません」

「話は聞いてるんだよ。てめえが、何度か永神と会って、こそこそと話をしているらしいってな」

「そりゃあ、話くらいしますよ。長い付き合いですし……」

「どんな話だ?」

「世間話ですよ。最近どうしてる、とか……」

「そんな話をするために何度も会っているわけじゃねえだろう」

「仕事の話もしますよ」

「どんな仕事だ？」

「そりゃあ、いろいろです」

「ふん。てめえらが仕事するってこと自体が、暴対法違反なんだ。どうせ、ミカジメ取ったり、借金のカタに女を売り飛ばしたりしてるんだろう」

「人聞きが悪いですよ。うちも永神さんのところも、まっとうな会社なんです」

まあ、ミカジメ取るくらいのことはやっているんだろうが、と日村は思った。ありとあらゆるシノギに手を出さないとやっていけないのが今のご時世だ。

「何がまっとうだ。いいか？　もう一度言うぞ。おまえらが仕事するだけで、暴対法違反なんだ。いつでもしょっぴけるんだぞ」

暴対法はたしかにそういう法律だ。暴力団の資金源を絶つことを目的とした条文もある。

小松崎が言う。

「勘弁してください。仕事することを禁止されたら、私らどうやって生きていけばいいんですか」

「ヤクザなんて生きていかなくていいんだよ」

小松崎は、逆らおうとしない。永神も同じだ。警察に逆らってもいいことなど一つもない。

二人とも、骨身に染みてわかっているのだ。

日村は、暴力団員に絡まれる一般人の気持ちがわかるような気がした。

蛭田はイチャモンをつけているに過ぎない。こちらがキレるのをじっと待っているのだ。

一人でも逆上する者が出たら、全員をしょっ引くつもりだ。

ここに若い衆がいなくてよかったと、日村は思った。警察の挑発に乗るような者はこの場にはいない。

蛭田もそれに気づいた様子だ。彼は言った。

「こっちも忙しいんだ。あまり面倒をかけるなよ」

これ以上、ねちねちと責めても無駄だと悟ったのだろう。これが捨て台詞《ぜりふ》だった。

蛭田は、踵《きびす》を返して路地の向こうに消えていった。

小松崎が阿岐本に言った。

「ケチがついたようで、申し訳ありません」

「あんたのせいじゃねえよ。さあ、行こう」

一行は歩き出した。

歩きながら阿岐本が小松崎に尋ねた。

「蛭田は、いつもあんな調子なのかい？」

「そうですね。赤坂署のマル暴ですからね。仕事熱心なんでしょう」

「仕事熱心ねえ……」

日村は、遠慮しつつ言った。

「あの……。甘糟さんが事務所にいらして、オジキが何をしにきたのか、と訊いていったんです」

阿岐本がうなずいた。

「そうかい」

永神が尋ねた。

「甘糟ってのは？」

阿岐本がこたえる。

「地元のマル暴だ。蛭田とは大違いでね。俺は、あの人のこと、嫌いじゃないねえ」

マル暴のことを嫌いじゃないというのもどうかと思うが、オヤジの言っていることは理解できる、と日村は思った。

たしかに、あの刑事は憎めない。日村はさらに言った。

「甘糟さんは、オジキが赤坂署の誰かに監視されているようなことをにおわせていました」

永神が言った。

「ああ、あの蛭田だろう」

阿岐本が永神に尋ねた。

「何か、思い当たる節があるのか？」

「小松崎が言ったとおり、仕事熱心なんだよ」

「そりゃあ悪いこっちゃねえが、俺たちにとっては迷惑な話だな」

小松崎が言った。

「実は、銭湯の処分を考え直そうと思ったのは、あの蛭田のせいでもあるんです」

「どういうことだ？」

「処分に向けて、不動産屋なんかと話をしようと思うと、すかさずあいつが飛んできて、嫌がらせをするんです。それでなかなか話が進まなかったんです」

「ふうん……」

阿岐本が言った。「あいつは一人だったね。刑事ってのは、二人一組で行動するもんだろう」

そういえば、甘糟もいつも一人で事務所にやってくる。だが、彼の場合は理由がはっきりしている。パートナーの郡原《ぐんばら》という刑事が面倒くさがりで、甘糟をパシリのように使っているのだ。

甘糟をこき使っている間、郡原は署でのんびりと週刊誌などを眺めているというわけだ。

だが、あの蛭田が一人なのは、それとは事情が違うだろうと、日村は思った。阿岐本もそう考えたに違いない。

小松崎がこたえた。

「そう言えば、蛭田はいつも一人ですね」

やがて、出入り口に白木の格子の引き戸があるしゃれた和食屋の前に着いた。

「こちらです」

小松崎が言った。

日村は車に戻ろうと思い、戸口で立ち止まった。すると、阿岐本が言った。

「誠司、おまえもいっしょに来い」

「はい」

気を遣いながら食事をすると、まったく食べた気がしないのだが、断るわけにもいかない。

日村は同席することになった。

5

店に入ると、玄関の引き戸と同じ色合いの白木のカウンターがあった。その向こうで、きちんとした板前姿の従業員が頭を下げる。

「いらっしゃいませ」

和服を着た仲居が一行を案内した。四人は奥の個室に通された。

「ごゆっくり」

そう言うと仲居が部屋を出て襖《ふすま》を閉めた。

奥の床の間側の上座に阿岐本、その隣に永神が座った。阿岐本の向かい側が小松崎で、出入り口に近い末席が日村だ。

小松崎が阿岐本に尋ねる。

「苦手なものはありませんか？　おまかせのコースにさせていただきましたが……」

「ご心配なく」

わざわざ個室にしたのには理由がある。日村はそれを理解していた。

まず第一に、内密の話ができる。

そして、一般の客から隔離する意味もある。ヤクザが同じ店で食事をしていたら、誰だって落ち着かない。

素人衆《しろうと》への迷惑を考えてのことなのだ。決して贅沢《ぜいたく》をしたいからでも、大物ぶりたいからでもない。それは、小松崎を見ていればわかった。

阿岐本ももちろん人を見るが、日村もそうだ。でなければ、弱小の組は生き残れない。シノギは突き詰めると相手の人柄が重要なのだ。

阿岐本が好きな言葉に、「人は城、人は石垣、人は堀」がある。なんでも武田信玄《たけだしんげん》の歌から取った言葉だということだが、日村はもちろん詳しいことは知らない。

本当はどういう意味なのかもよくわからない。だが、言葉のまま理解すれば、なるほど阿岐本が気に入るのもよくわかる。

阿岐本は、顔が広い。全国津々浦々《つつうらうら》に人脈を持っている。その人と人のつながりが宝だとよく言っている。

飲み物が運ばれてくる。瓶ビールだ。

小松崎が阿岐本にすすめる。

「まずは一杯……」

阿岐本は滅多なことでは酒を断らない。最近、酒をすすめるだけでパワハラだと言われかねないそうだが、世知辛《せちがら》い世の中になったものだと、阿岐本はいつもこぼしている。

酒くらい気楽に飲めばいいと、オヤジは言う。日村もそのとおりだと思う。もっとも、日村にとって気楽に飲めるのは、阿岐本がいないところで、なのだが……。

二人きりなら問題はない。他に人がいる場合は常に阿岐本を守ることを考えなければならない。

守るというのは、肉体的な意味だけではない。交渉事で、阿岐本がミスをしないように気をつけていなければならないのだ。

ヤクザの交渉事でのミスは、命に関わることだってあるのだ。

小松崎は永神のコップにもビールを注ぐ。永神が小松崎に注ぐ。最後に永神が日村にビール瓶を向けた。

「誠司も、今日はごくろうだったな」

「はい」

阿岐本が言った。

「誠司、せっかくだから、おめえも飲め」

「はい。いただきます」

飲めと言われて、その気になるわけにはいかない。失礼にならない程度に口を付けるだけだ。

先付けが出てくる。ちまちました料理だが、手が込んでいるのがわかる。

日村には、どんな材料で、どんな調理法なのかよくわからない。ただ、やけに上品な味がする。

それから、お造りだ。新鮮な魚だが、どうしてこうちまちましているのだろうと、日村は思ってしまう。

「さっきのマル暴だが……」

阿岐本が小松崎と永神の二人を交互に見ながら尋ねた。「何か要求はしてこねえのかい」

小松崎と永神が顔を見合わせた。

まず永神がこたえた。

「俺は要求されたことはねえな」

続いて小松崎が言う。

「自分も具体的に何か要求されたことはありません」

阿岐本は、ふうんと唸《うな》ってからさらに訊いた。

「だが、ねちねちと嫌がらせをするわけだね？」

「そうなんだ」

永神は、別にそれほど気にした様子もなく言った。「まあ、それがあいつの仕事だから、しょうがねえよな」

小鉢だ、焼き物だ、椀だと、次々と料理が運ばれてくる。それを楽しむのが会席料理というものなのだろうが、もったいぶっているようで、どうも日村の性に合わない。

ヤクザは眼と舌が肥えていなくてはならない。そう言われて阿岐本に、いろいろな料理屋を連れ回されたが、結局日村は地元の焼き鳥屋が一番うまいと思う。

もちろん、この店の料理もうまい。材料もよく、手の込んでいる料理を食べさせてもらうのはありがたいと思う。

だが、日村は稔といっしょに車の中でハンバーガーでもかじっていれば満足なのだ。

阿岐本と永神の話は続いていた。

「おめえが何か、特に睨まれるようなことをしたわけじゃねえんだな?」

「睨まれることはしてると思うよ。俺たちがシノギやるだけでパクれるんだからな」

「そういうことじゃなくて、個人的に怨みを買うようなことだ」

永神はしばらく考えてから言った。

「いやあ、そういうのは、ねえと思うがな……。そんなに古い付き合いじゃねえしな。あいつの性格じゃねえのか」

「そんなに古い付き合いじゃない?」

「そう。あいつがこの界隈に姿を見せるようになったのは、二年ほど前からかな……」

永神はそう言って、小松崎を見た。

小松崎がうなずいた。

「そうですね。その頃に異動で赤坂署にやってきたんだと思います」

阿岐本は旺盛な食欲を見せながら言う。

「まあ、警察に異動は付きものだからな。小松崎さんのほうにも特に心当たりはないんだね?」

「はい。特に怨みを買うような覚えはありません」

「風呂屋を処分しようとすると、やってきてあれこれ邪魔をするんだね？」

「はい。不動産屋と話をしているだけで、飛んで来て、その場で難癖をつけられましたね」

「ふうん……。そいつは気になるねえ……」

　永神が言う。

「向こうには法律がついているからな。逆らったらパクられるだけだ。いいことなんざ、何もねえ。だから、俺たちはじっと我慢しているわけだ」

「まあ、それがヤクザってもんだがな」

　阿岐本は永神に尋ねた。「あのマル暴刑事、何て言ったっけ？」

　永神がこたえる。

「蛭田だ。蛭田玄三《げんぞう》」

「あいつには気をつけねえとな。今後もあいつが邪魔をするようなら、いろいろと考えなけりゃならねえ」

　永神は肩をすくめる。

「暴対法や排除条例には勝てねえよ。できるだけ目立たねえようにやるしかねえ」

　阿岐本が目を丸くした。

「おい、目立たなくてどうすんだ。経営を立て直すってことは、流行らせるってことだよ。目立たなきゃしょうがねえじゃねえか」

「素人を前面に出せばいい。俺たちは所詮《しょせん》裏方だ」

「おめえの言うとおりだが、裏でこそこそやると、よけいに睨まれるんじゃねえのかい」

「じゃあ、アニキはどうすればいいと……」

阿岐本はいつの間にか日本酒に変わっていた。ぐい飲みを干すと言った。

「そいつをこれから考えるんだよ」


赤坂で永神、小松崎と別れ、稔が運転する車で地元に向かった。

稔が話を聞きたがっているのが気配でわかるが、日村は無視していた。オヤジがいるのに勝手に話をするわけにはいかない。

ビールをコップ二杯飲んだだけなのに、妙に酔いが回り、助手席の日村は眠気を覚えた。疲れているようだ。

肉体的な疲れよりも、気疲れだ。アルコールが入って、気がゆるんだのだ。

いかんな……。

小さく首を振って、眠気を追いやろうとした。

そのとき、阿岐本の声がした。

「いい風呂屋だったじゃねえか」

一瞬にして眠気が吹き飛んだ。

「そうですね」

「あの界隈も、なんだか懐かしい感じがしたな。赤坂通りから一歩裏手に入っただけなのに、あんなに違うもんなんだねえ」

「はい」

「俺はあの風呂屋を見て、昔のことを思い出しちまった。俺の過去なんて、だいたいろくでもないんだが、それでも思い出ってやつは大切だ。そうじゃねえかい」

「おっしゃるとおりだと思います」

「もし、気に入らない物件なら、立て直しなど断ろうと思っていた」

「はあ……」

そうしてくれたら、どんなに気が楽だったろう。

日村は切実にそう思っていた。

「だがな、一目見て気に入っちまった。永神や小松崎が言うとおり、あれはつぶしちまうには惜しい。あの風呂屋が更地になって、煙突やボイラーが鉄材として中国あたりに売られちまうなんて、俺は耐えられねえな」

日村は思いきって言ってみた。

「しかし、どうやって立て直しましょう」

「それをこれから考えるんじゃねえか」

「うまくいきますかね」

「おめえはいつもそんなことを言う。心配性だな。いいか、世の中心配したっていいことなんて一つもねえ。なるようにしかならねえんだ」

「どんなに心配しようが、起きるべきことは起きる。逆に、何も気にしていなくても、同じように起きるべきことは起きる。だからさ、心配するだけ損じゃねえか。何か起きてから対処を考えればいいんだ」

「はい……」

なかなか阿岐本のようには考えられない。

日村は、用心するに越したことはないと考えるほうだ。また、そうでなければ、阿岐本組の代貸はつとまらないだろうと思う。

「自分はなかなか、そう考えられるまでには至りません」

「至る至らねえの話じゃねえよ。どういう考え方で人生を送るかって話だ。いいかい、おめえはまだ若い。だから、人生が無限に続くような気でいるかもしれねえが、実は先は短《みじけ》えんだ。だから、くよくよしている時間は無駄なんだよ」

言いたいことはわかる。

だからといって、俺がオヤジのようになったら、たちまち組はパンクしてしまう。

「ガキの頃、無鉄砲でしたから……。今はせめて動く前にいろいろ考えようと……」

「結局、おめえは苦労を背負っちまう性分なんだよなあ」

そうかもしれない。

阿岐本のためなら苦労を背負うことも厭《いと》わないつもりだ。

「蛭田ってやつ、どう思う？」

突然話が変わった。

「別にどうも思いませんが……」

「警察官は公務員だから、得にもならないことに一所懸命になれるのかもしれねえ。だがな、俺はどうも裏があるような気がしている」

「裏ですか……」

「永神や小松崎を締め付けることで、何かの利益が得られるのかもしれない」

「オジキや小松崎さんがおっしゃっていたように、仕事熱心なだけかもしれませんよ」

「やつの人相《にんそう》が気に入らないんだ」

たしかに、阿岐本は人の人相を見る。

当たるも八卦《はっけ》、当たらぬも八卦ではない。顔を見れば、その人物の人となりがわかると、言っていたことがある。

「人相ですか？」

「そうだ。弱い者は叩き、強い者にはおもねる。そういう顔をしている」

「まあ、多かれ少なかれ、人間はそうですが……」

「あいつは典型的な弱い者いじめの顔をしていた」

「そうですか？」

「子供の頃、おめえはいじめるほうだったんだろうな」

その言葉に、日村は驚いた。

「いじめられるやつは、自分をいじめるやつの顔を忘れない。だが、いじめるやつはそういうことには無頓着だ」

「何ですか、急に……」

「自分は人をいじめたりはしませんでした。……つうか、誰かをいじめたりできるほど、他の生徒と親しくなかったですし……」

　阿岐本が笑った。

「だが、少なくともいじめられっ子ではなかっただろう」

「そうですね。他の生徒と関わりを持ちませんでしたから……。もしかしたら自分は、みんなからシカトされていたのかもしれませんが、自分はまったく気にしませんでした」

「そいつはおそらくシカトなんかじゃねえな」

「……とおっしゃいますと……？」

「みんな、おめえのことを恐れていたんだろう。それも心の底からな」

「そんな……。自分は化け物じゃないんですから……」

「若い頃のおまえは化け物みたいなもんだったよ。俺がびびるほどだった」

　まさか……。オヤジは冗談を言っているんだ、と日村は思い、笑おうとした。

　だが、阿岐本が笑っていないので、思い直した。

「オヤジがびびるなんて、悪い冗談ですよ。びびるのはこっちのほうです」

「うちにゲソ付けしてからは、おめえもおとなしくなった。だが、その前は逆らうやつを皆殺しにしかねない雰囲気だったよ」

「いや、それは大げさです」

「大げさじゃねえ。おめえはそういうやつだったんだよ。大人になったもんだ」

けなされているのか、褒められているのかわからなくなってきた。

「そりゃあ、いつかは落ち着かないと……。先ほどのお言葉じゃないですが、人生は決して長くはないですし、この稼業ではいつ死んでもおかしくはないですから……」

「話がそれちまったな。蛭田の話をしていたんだ。やつのことを、いろいろと調べなけりゃならねえな」

「調べる……? 何のために」

「風呂屋の経営再建を邪魔されたときのことを考えておかなけりゃ……」

その阿岐本の言葉に、稔がぴくりと反応した。

「わかりました」

日村は言った。「ちょっと調べてみましょう」

「頼んだぞ。俺は、どうやったら風呂屋の経営が立て直せるか、考えなくちゃならねえからな」

「あの……」

稔が言った。「質問してよろしいですか?」

日村はうんざりした気分になって言った。

「いいから、黙って運転してろ」

阿岐本が言った。

「かまわねえよ、何だ、稔」

「風呂屋の債務整理だという話を聞いておりましたが、そうじゃないんで……？」

「俺も最初は、売っぱらうって話かと思った。だが、永神や小松崎ってやつは、実は経営の立て直しを狙っていたようだ」

オヤジはまんまと乗せられたんだ。

日村は、心の中で稔に言った。

俺は、今からでも、あきらめるように説得する余地はあると思っている。

稔が言う。

「じゃあ、出版社や高校のときのように、自分らもお手伝いさせていただけるんで……？」

阿岐本は言った。

「もちろん、たっぷり働いてもらうよ」

稔はうれしそうな顔になった。

日村はそっとかぶりを振っていた。

6

事務所に戻ったのは十時過ぎだった。阿岐本はそのまま上の階の自宅に向かった。

事務所には、健一、テツ、真吉が残っていた。日村は、定席である来客用のソファに腰を下ろした。

三人とも落ち着かない様子だ。理由はわかっている。だが、日村は何も言わなかった。

そこに、車を駐車場に納めた稔が戻ってきた。

健一がそっと稔に近づいていった。話の成り行きを聞きたがっているのだ。

日村は溜め息をついてから言った。

「当番は誰だ？」

「はい」

真吉がすぐに返事をした。「自分とテツさんです」

「じゃあ、他のやつは帰ったらどうだ。俺も引きあげる」

健一と稔が顔を見合わせた。

日村はもう一度溜め息をついた。

「わかった。話が聞きたいんだな」

健一が言った。

「組長が何を考えているか、知っておいたほうがいいと思いまして……」

「俺としては、あまり教えたくないんだ」

「なぜです？」

「おまえたちに、妙な期待を持たせたくないんだよ」

「いや、自分ら別に何も期待などしていません」

「嘘をつけ。永神のオジキが来たときから、落ち着かないじゃないか」

「いや、それは……」

「稔が事情を知っているが、オヤジは赤坂にある銭湯の経営の立て直しに乗り出すつもりだ」

　健一が眼を輝かせる。

「銭湯ですか……」

「オヤジは、おまえたちにも働いてもらうと言っていたが、どうなるかはわからない」

　度の強い眼鏡をかけたテツが、じっと日村を見つめていた。説明を求めている様子だ。なんだか責められているような気分になってきた。

「銭湯なんて、従業員は限られている。詳しいことは聞いてないが、家族で経営しているようだ。だから、おまえたちが働く余地などないと思う。出版社や学校や病院みたいに、職員がたくさんいるような場所じゃない」

　健一が言った。

「わかりました。自分らは、どういうシノギになるのか知りたかっただけです」

「組のシノギになるかどうかわからない」

オヤジの道楽だ、と思ったが、それは言わないでおくことにした。

四人の若い衆は、ちょっとしゅんとした雰囲気になった。仕方がないと、日村は思った。

ここでおいしいことを言って、彼らにぬか喜びさせるほうがよっぽど罪が深い。

日村が言ったとおり、当番の真吉とテツだけが残り、あとは事務所を出て行った。彼らは一人暮らしなので、事務所の二階に泊まっていくこともあるが、今日はおとなしく帰るようだ。

日村も引きあげることにした。

出入り口に向かうと、真吉とテツが声を合わせた。

「ごくろうさんでした」

日村は言った。

「適当に休んでおけ」

真吉が頭を下げる。

「はい」

テツはパソコンを前に、立ったまま日村のほうを見ている。

日村は事務所を出た。

アパートに戻ったときは、午後十一時半になろうとしていた。中途半端な時間だった。だが、一人で飲みに行く気もしない。日村は、冷蔵庫から缶ビールを取り出して飲んだ。

ビールを飲んだら寝てしまうつもりだった。一般に、ヤクザは夜更かしだと思われている。景気のいい頃に、六本木《ろっぽんぎ》や赤坂のクラブで飲み歩いている連中がいて、そういうイメージができあがっているのかもしれない。

だが、今どきそんなに金のあるヤクザは珍しい。しかも、飲み歩いているようなやつはろくなやつじゃないと日村は思っていた。

自堕落なやつがヤクザになると思われている。遊び人などという言葉もある。まあ、そういう面もあるが、実は真面目じゃないとヤクザもつとまらないのだ。

今どきの若いチンピラはゲソ付けをしたがらない。ヤクザは堅苦しいというのだ。暴走族や半グレでいれば、気楽にやれるものを、組にゲソ付けしたとたんに、兄貴分に厳しく躾《しつけ》をされる。

由緒正しいヤクザは、礼儀作法にもうるさい。義理事も多く、礼を欠いたらおそろしく面倒なことになりかねない。

ごく簡単に言うと、チンピラは自堕落に遊び呆け、組員になったとたんに締め付けがきつくなるわけだ。

若い衆の朝は早い。だから、夜遊びもしていられない。事務所に詰めていることが多いので、ジャージなんかを着ていることもある。坊主刈りにさせられることもある。とても繁華街に遊びに行ける恰好ではない。

日村もどちらかというと、繁華街で遊ぶことはそれほど好きではなかった。オヤジの面倒を見ているだけで精一杯なのだ。

それに、今でこそあまりなくなったが、真夜中や明け方に呼び出されることも珍しくなかった。

ヤクザ者と警察官には時間など関係ない。そういうわけで、一般の人は意外に思うかもしれないが、日村はけっこう品行方正な生活を送るようになっていた。

それじゃなんのためにヤクザをやっているんだと同業者から笑われることもある。ヤクザなんだから、遊んでナンボだろうと。

だが、阿岐本を見ているとあまりそういう欲求がなくなる。不思議なものだ。

それにしても、銭湯か……。

日村はベッドに腰かけ、缶ビールを片手に考えた。

オヤジが言っていることはわからないではない。

日村も、先ほど見た赤坂の路地裏の光景を思い出していた。東京ミッドタウンの裏手に当たる場所だ。そんなところに、まるで一時代も二時代も昔の風情がある住宅地が残っていることが意外だった。

最近では、阿岐本組の地元でも、どんどんと開発が進み、民家は瀟洒《しょうしゃ》なマンションになり、商店街にもビルが建ち並ぶようになった。

街はこぎれいになったが、味けがなくなったと日村は感じていた。ごみごみしていて、換気扇から焼き物のにおいが流れ出しているような飲食街や路地裏は、たしかに治安や衛生面では問題があるのかもしれないが、そのほうがなんだか生活しやすいような気がしていた。

日村が子供の頃と比べると、東京も変わった。

いや、世の中が変わった。

変わって当たり前なのだと思うが、なんだか生きづらくなったと感じていた。

ヤクザだからというわけではないだろう。世の中、なんだかクレーマーだらけになった気がする。

飲食店でも、客がちょっとしたことで文句をつける。

子供が怪我をしたら、親が学校に怒鳴り込む。

今どきの親はとんでもないらしい。運動会の勝ち負けを決めるのがいけないとクレームをつけると聞いたことがある。それを受け容れる学校があるというのだからたまげる。

そんなイチャモンは、昔はヤクザの専売特許だった。

飲食店の従業員も、学校の教師も生きづらくなっている。おそらく、営業マンもコンビニのバイトも、建設業者も、タクシーの運転手も、誰も彼もが生きづらくなっているに違いない。

昔の日本人はもっと、他人《ひと》の立場を思いやることを知っていたように思う。文句を言った者勝ちだというのは、日村が思うに、アメリカの影響だろう。何でもかんでも訴訟にしてしまうアメリカは、問題が起きても謝ってはいけないのだそうだ。

謝ったとたんに非を認めたことになり、損害賠償を支払うはめになるという。

そんな国で暮らすのは真っ平だと日村は思うのだが、だんだん日本もそういう国になってきたような気がする。

おおざっぱにアメリカは訴訟社会だと言ったが、それは都市部の話であることは、日村も知っている。

アメリカの大部分は田舎《いなか》で、そこでは昔ながらの生活がまだ続いているのだろう。保守的で頑固でマッチョなアメリカがまだ確固として存在する。

田舎で暮らすアメリカ人たちは、古いしきたりや、地元の実力者の影響力に縛られ、文句も言えずに生活を続けているのだろう。

都市に出た者たちは、その反動として些細《ささい》なことでも文句をつけずにいられないのかもしれない。

日本人はそうした事情を考慮せずに、ただアメリカ人のうわべだけを真似しようとする。

そういう意味では、小松崎が言っていた商売の理想論もわかる気がするのだ。

今や外資系というと、ほぼアメリカ資本を指している。ドライなアメリカの経営方針を持った企業だ。

日本人はそれを真似することがかっこいいと思っているのだ。

それに対して小松崎は、情けや血の通った商売こそが日本人に合った経営だというようなことを主張していた。

今どき誰も顧《かえり》みない古くさい経営論だ。

とはいえ、長いこと日本人はそれでやってきたのだ。終身雇用と年功序列。

誰かがそれを儒教的と言っていたのを、日村は覚えていた。

儒教的というのがどういうことなのかよくわからない。だが、それを悪いことだと決めつけるのが理解できなかった。

よくも悪くも、日本はそういう国だったのではないのか。それは民主主義とはちょっと違う話なのではないかと、日村は感じていた。

難しい話はわからない。それにしても、本来いっしょくたにしてはいけない話をごっちゃにしているような、すわりの悪さを感じる。

変わっていく日本の中で、昔ながらのたたずまいを残すというのは、どういうことなのだろう。

日村は改めて考えてみた。

たぶん、赤坂のあの界隈に住んでいる人たちはいまだに昔と変わらない生活感覚を持っているのだろう。

古い町にはたまにあることだ。

阿岐本は日村に、日本人にとって銭湯とはどういうものかと尋ねた。

阿岐本が言いたいことは、何となくわかっていた。だが、はっきりと言葉にすることができない。

必要のないものだからなくなる。日村はそう考えていた。

しかし、もしかしたらそう考えようとしていただけなのかもしれない。

なくなってほしくないものが、この世にはたくさんある。

そこまで考えて日村はビールの残りを飲み干した。

いかんいかん。感傷的になっている場合ではない。

俺が心を鬼にしなければ、阿岐本組を守ることはできない。日村はそう思った。

翌日の午前十一時頃、永神から電話があった。健一が受け、日村が代わった。

「おう、誠司か。銭湯のご主人がな、アニキに挨拶したいって言ってるんだ」

「挨拶ですか」

「それで、アニキの都合を聞きてえんだが……」

「わかりました。折り返しお電話します」

「おう、頼むぜ」

阿岐本は一階の組長室にいる。日村はすぐにそこに向かい、ドアをノックした。

「何だい」

ドアを開けて礼をする。入室して永神からの電話の内容を伝えた。

「おう、そうかい」

阿岐本は言った。「挨拶なら、こっちから行くのが筋だ。永神にそう伝えてくれ」

「わかりました」

組長室を退出して、日村は携帯電話で永神にかけた。永神はすぐに出た。

「おう誠司、アニキは何だって?」

「こちらから出向くのが筋だと……」

「そうか。小松崎にそう言っておく。具体的なことは、小松崎から連絡がいくと思うから……」

「わかりました」

電話を切り、再び組長室を訪ねる。

「小松崎さんから連絡があるということです」

「わかった。そんときはおめえもいっしょに来な」

「はい」

小松崎から連絡が来たのは、その十分後のことだった。ヤクザの段取りは早い。時は金なり、なのだ。

「永神さんから連絡するように言われまして……。先方は、今日の午後一時から三時までの間なら、いつでもだいじょうぶだということです」

日村はこたえた。

「折り返し電話します」

また阿岐本に会いに行き、どうするか尋ねた。阿岐本はこたえた。

「今からなら、一時に充分間に合うな。なら、一時に、と伝えろ。善は急げだ」

何が善なのだろうと思いながら、日村はこたえた。

「了解しました」

小松崎に電話をしてその旨を伝えると、彼は言った。

「こちらからお迎えに行こうと考えていたのですが……」

日村はこたえた。

「それだと一時には間に合わないでしょう。こちらで車を出しますので、ご心配なく」

「申し訳ありません。では、現場でお待ち申し上げております」

「そう伝えます」

そして日村は、稔に車の用意を命じた。「行き先は、昨日行った赤坂の風呂屋だ」

「了解です」

さらに日村は、真吉に菓子折を買いに走らせた。誰かの家を訪ねるのに手ぶらというわけにはいかない。

阿岐本はいつも余裕をもって出かける。一時に赤坂だとしたら、十二時には出発しようと言い出すだろう。

その前に昼食を済ませたいと言うに違いない。日村がそう思っていると、さっそく呼ばれて命じられた。

「おい、いつものそば屋から、ざるそばを取ってくんな。おめえと稔も何か取れ」

「はい」

それからが慌ただしかった。

そば屋から出前が来たのが、十一時四十分。ざるそばが三人前だ。それをかきこみ、十二時には外出の用意を整えた。

一時十分前には、銭湯の近くの路地に到着した。昨日駐車したのと同じ場所だ。そこで小松崎が待っていた。

阿岐本が言った。

「他人様のお宅だ。時間前にお訪ねしちゃ失礼だ。かといってお待たせするわけにもいかねえ。時間きっかりに行くのが礼儀だ」

「はい」

日村は、車を降りてそれを小松崎に伝えた。そして、時間ちょうどまで待ち、三人で銭湯の先にある主人の母屋《おもや》を訪ねた。

その母屋はやはり古い木造家屋で、物干しがベランダのように二階に張り出していた。

その下に、木製の古びたドアがある。ドアの脇にドアチャイムのボタンがあり、小松崎がそれを押した。

すぐにドアが開いて、白髪の男が顔を覗《のぞ》かせた。すっきりした出で立ちだ。若い頃は女にもてたのではないかと日村は思った。

いや、もしかしたら、今でももてているかもしれない。ロマンスグレーは若い女性にも人気があるらしい。

「わざわざお越しいただき、恐縮です」

その男は言った。「さあ、むさくるしいところですが、どうぞ……」

小松崎が、阿岐本に先を譲る。そして、日村は小松崎を先に上がらせた。

リビングルームに通された。応接セットがあり、当然阿岐本は上座と思《おぼ》しきところに案内される。小松崎がその隣だ。

日村は立っていようとしたが、阿岐本に座るように言われた。落ち着かない気分で阿岐本の隣に腰を下ろす。

テーブルを挟んで主人が座ると、小松崎が紹介した。

「ご主人の佐田智己《さたともき》さんです。こちらは、阿岐本さんに日村さんだ」

佐田は丁寧に頭を下げる。

阿岐本が目配せしたので、日村は菓子折を差し出す。

「これはつまらんものですが、どうぞお納めください」

「あ、これはご丁寧に……」

お茶を持ってきたのは、佐田の妻だろう。緊張した面持ちだ。無理もない。ヤクザが三人も訪ねてきたのだ。

阿岐本は彼女にも丁寧に挨拶をした。それでも緊張を解こうとはしなかった。

「わざわざご足労いただき、恐縮です」

佐田が言うと、阿岐本が応じた。

「このご時世では、銭湯の経営もなかなかたいへんなのでしょうな」

「小松崎からお聞き及びかと思いますが、一度は畳んでしまおうと考えたのです」

「それを考え直されたのだとか……」

「バブルの頃と違い、処分したところで債権が残る恐れがあります。それならば、なんとか利益を生むように走らせたほうがいいと思いまして」

「銭湯をつぶしたくないというのは、金だけの問題じゃないのでしょう」

「おっしゃるとおりです。年を取るにつれ、代々続いたこの風呂屋を、なんとか守りたいと思うようになりました」

小松崎が言う。

「阿岐本さんはね、これまでいくつもの経営再建を成功させておられるんだ」

佐田がうなずいた。

「なんでも、出版社や私立高校などの経営を立て直されたとか……」

「しかし、ご主人、安心されるのは早い。過去にうまくいったことがあると言っても、今度もうまくいくとは限らないんです」

「一度は諦《あきら》めかけた話です。覚悟はできているつもりです」

「わかりました。お手伝いしましょう」

オヤジのテストをパスしたな。

日村はそう思った。実際に会ってみて、信用できない相手なら、阿岐本は付き合おうとはしないはずだ。

佐田が頭を下げる。

「ありがとうございます」

「ついては、いろいろと片づけなければならない問題があると思います」

「はあ……」

「まずはご家族のことです」

佐田が怪訝そうに眉をひそめる。

「家族のこと……」

「はい。今お茶を出してくださったのは、奥さんでしょうか」

「そうです」

「私らのようなものとの付き合いを、反対されているようだ」

「あ、いや、それは……」

阿岐本は佐田を制して言った。

「それで当然なのです。ですから、私らはまず、どういう形で銭湯の経営に関わるかをご相談しなければなりません」

「はい」

佐田は真剣な顔でうなずいた。

ああ、これでいよいよ引っ込みがつかなくなるな。

その姿を見て、日村は密かに思っていた。

7

「銭湯の経営は、ご家族でされているんですね？」

阿岐本が佐田に尋ねる。

「はい、そうです」

「家族構成を教えていただけますか」

「妻と、息子と娘がひとりずつです」

「経営形態は？」

「祖父の代までは、個人経営でしたが、今は法人化しています」

「ほう。株式会社ですか」

「そうです。株式会社檜湯《ひのきゆ》です」

「檜湯……」

「はい。このあたりはかつて、檜町と呼ばれておりましたので……」

「いやあ、いいお名前ですな。なんか、湯船に入ったら檜の匂いがしてきそうじゃないですか」

「そうですか？　生まれたときからそう呼んでいますので、名前に特別な感慨を持ったことはありませんね」

「いや、趣きのある名前です。名前というのは大切です。だから昔から湯屋はめでたい名前が多い。代表的なのは『寿湯《ことぶきゆ》』とかですな」

「その名前はよく聞きますね」

「商標登録だのとうるさいことは言わずに、全国どこにでも『寿湯』がありましたね」

「そのようですね」

「法人ということですが、役員は？」

「私と妻です」

「社員は？」

「ボイラーマンを一人雇っています」

「ほう、ボイラーマン」

「もちろん、私もボイラー技士の資格を持っていますが、もっぱらボイラーマンの北村《きたむら》が作業をやってくれています」

「北村さん……」

「はい。北村甚五郎《じんごろう》。年齢は七十五歳です」

「けっこうなご高齢ですな」

「北村は、祖父の代からこの檜湯で働いております」

「なるほど。社員は北村さんお一人ですか」

「一人です」

「北村さんがボイラーを見る。その他の仕事はすべてご夫婦でやられているわけですか?」

「そうですね。交替でフロントに座ります」

「フロント……」

「かつては番台でしたが、嫌がるお客さんが増えたので、脱衣場の外にフロントを作って受け付けをするように改装しました」

「へえ、番台を嫌がるんですね」

昔は男女両方の脱衣所を見渡せるような場所に番台があった。そこに男性が座っていようが、女性がいようが、誰も文句は言わなかった。

それが当たり前だと思っていたのだが、昨今はそうではないらしい。

これも近代化なのだろうか、と日村は思った。

「脱衣所から番台をなくしたのは、ずいぶん前のことですね」

佐田の言葉に、阿岐本はしみじみとした口調で言った。

「番台がダメなんじゃ、三助《さんすけ》なんてもってのほかでしょうね」

そう言えば、日村が子供の頃には、浴場に三助がやってきて、客の背中を流すこともあった。男湯・女湯を問わず、自由に出入りしていた。

「そうですね。最後の三助は日暮里《にっぽり》にいたそうですよ。もちろんうちでは、営業中は私らが浴場に出入りすることは滅多にありません」

阿岐本が言った。

「小さい頃からずっと疑問に思っていたんですがね……」

「はい」

「どうして三助っていうんです？」

「いくつか説があるようですが、釜焚《かまた》き、湯加減の調整、番台の三つの仕事を助けるからだという話を聞いております」

「へえ……。他にも説があるんですね」

「聖武《しょうむ》天皇のお后《きさき》、光明《こうみょう》皇后の話が伝わってますね」

「ほう……」

「伝染病が流行したときに、光明皇后は自ら浴室を作り、患者の治療をしたそうです。そのときに三人の典侍《てんじ》がそれを補助しました。典侍のことを『すけ』といい、三人の『すけ』で三すけ。それが語源になったという説です」

阿岐本は好奇心に眼を輝かせている。

「その他には？」

「三助の〝さん〟は、もともとはカマドを焚くという意味の難しい字でしたが、それが、いつしか数字の三に変わったという説もあります」

「おもしろいもんだねえ。それ一つとっても文化だね」

「昔は、三助はずいぶんありがたがられたようですね。垢《あか》すりをしたり、按摩《あんま》をしたり……」

「そうですね」

阿岐本はなつかしそうな顔になった。「三助を頼めるのは、偉い旦那衆くらいだったなあ……」

阿岐本の言うとおりだ。どこかの旦那かご隠居といったその土地の名士が三助を使っていた。日村にもそんな記憶があった。

「個人営業じゃなくて、法人となると、税務署なんかもうるさいでしょう」

佐田は小さく肩をすくめた。

「まあ、それが法人の宿命ですが……。実は銭湯にはいろいろと優遇措置がありまして……」

「優遇措置……」

「銭湯の固定資産税は、三分の二が免除されますし……」

「ほう」

「それに、赤字ですから税金の納めようもありません。ずいぶんと借金も抱えていますし……」

「その借金が、つまり小松崎さんが言う債務ってやつだね」

「そういうことになります」

「赤字でしかも借金があるってのに、よく持ちこたえたもんですね」

「はい……。補助金がなければつぶれていたでしょうね」

「補助金……？」

「銭湯には、都や区から補助金が出ます」

「なるほど……」

「補助金は、光熱費や人件費だけでなく施設の修繕費としても使えます」

「そいつはありがたいですね」

「水道代が実質タダですし……」

「え……」

阿岐本は驚いた様子で言った。「水道代がタダ？」

日村も驚いていた。

佐田が言った。「もともと水道料金が特別枠で格安の上に、減免措置がありまして……」

「はい」

税金や水道代の優遇措置に、補助金……。

それなら、阿岐本が経営に手を貸す必要などないのではないか。

日村はそう思った。

経営自体は赤字なのかもしれないし、借金があることも事実だろう。だが、優遇措置と補助金で経営を続けて行くことは可能だろう。

佐田には何か思惑があるのではないだろうか。

日村は、そっと阿岐本の様子をうかがった。阿岐本も海千山千だ。同じことを考えているに違いない。そう思ったのだ。

相変わらず阿岐本の表情は読めなかった。

「なるほどねえ」

阿岐本が言った。「それで世の中から銭湯がなくならないんですね」

「はあ……。まあ、そういうことですね」

阿岐本が腕を組んで言う。

「さて、それで私たちの立場だが、株式会社となると、私たちがおいそれと役員や社員になるわけにはいきませんね」

小松崎がうなずいて言った。

「暴対法や排除条例がありますからね。私らを雇ったりしたら、佐田さんが検挙されかねないですから……」

「では、私らコンサルタントということにしましょう」

佐田が言う。

「お手伝いいただけるのなら、どんな形でもかまいません」

「できる限りのことをやらせていただきますよ」

「お願いします」

「私らは経営に参画するわけじゃありません。あくまでも一時的なコンサルタントとして、おたくの経営に関与するだけです。銭湯が軌道に乗ったら、私らはさっさと引きあげます。

それなら、もう一人の役員でいらっしゃる奥さんも安心なさるでしょう」

おそらく、佐田の妻は隣の部屋で聞き耳を立てているはずだ。阿岐本はそれを意識しつつ、やや大きな声で言ったのだ。

「それで、報酬はいかほど……」

「そうですね。それは、成功してから考えましょう」

ふと佐田の表情が曇った。警戒しているのだろう。ここではっきりしたことを決めておかなければ、あとでどれくらい搾り取られるかわからない。そう考えているに違いない。

暴力団というものを知っているな。

日村はそう思った。

素人に迷惑をかけない、などと言っておきながら、徹底的に金をむしり取る。それが暴力団だ。

小松崎が言った。

「心配ないよ、佐田。阿岐本の親分は信用できる方だ。俺が保証する」

会ったばかりだというのに、この言葉もなんだか軽率な気がする。日村はそんなことを思っていた。

阿岐本が時計を見て言った。

「長居するのもナンですから、そろそろおいとまいたしますが、その前に、脱衣所や浴場を拝見できますか」

「ええ、もちろんいいですとも」

佐田が立ち上がった。

母屋から廊下を渡ると、ボイラー室に出た。そこには、半袖に短パンの老人がいた。

ボイラーマンの北村甚五郎だろう。たしか、七十五歳だと言っていた。年相応に見える。

髪がすっかり薄くなっていた。対照的に眉毛が太くて濃い。そして眼が大きい。痩せていてぎょろ目なので、よく映画に出てくる怪しげなクリーチャーのように見える。

彼は、胡散《うさん》臭げに阿岐本らを見た。

佐田が北村を阿岐本に紹介する。そして、北村に対して言った。

「こちらは、コンサルタントの阿岐本さんだ」

「コンサルタントだって？」

北村が大きな眼で値踏みするように阿岐本を睨む。

「よろしくお願いしますよ」

阿岐本がそう言いながら笑顔を向けても、返事をしなかった。

失礼な態度だ。だが、相手は老人だし、これから世話になるかもしれない人物なので、日村は黙っていることにした。

佐田が先に進んだので、阿岐本、日村、小松崎の三人はそれについていった。

やがて小さなドアがあり、佐田が言った。

「この先が浴場になっています。ご覧の通り、出入り口が二つあります。男湯と女湯の両方に出入りできます」

阿岐本がうなずいた。

「なるほど」

佐田がさらに進む。三段の階段があり、その先にドアがあった。佐田は階段を昇り、そのドアを開けた。

ドアの向こうは脱衣所だった。中央に棚が並んでおり、壁際にロッカーがあった。脱衣籠《かご》が積み上げられている。

佐田が言う。

「男性の脱衣所です」

脱衣所などどこでも似たり寄ったりだ。棚やロッカーが並んでいるだけだ。立派な温泉でも町の銭湯でもそれほどの違いはない。

女性用の脱衣所との仕切りは大きな鏡張りだ。

阿岐本が言った。

「昔は、この仕切りのところに番台があったんだね？」

佐田がうなずいた。

「そうです。それを取り払って全面を仕切りにして、フロントを外に作ったのです」

浴場と脱衣所は、一枚ガラスの引き戸で仕切られている。阿岐本はそちらに向かった。がらりと引き戸を開ける。

湯のにおいがした。

浴場は、どこにでもあるタイル張りだ。鏡とカラン、シャワーが並んでいる。

阿岐本はしばらく浴場をながめていたが、やがて引き戸を閉めて言った。

「ありがとうございました。では、これで失礼します」

佐田の家をあとにすると、小松崎が頭を下げた。

「今日はご足労願って、申し訳ありませんでした」

「ご足労ってこたあねえよ」

小松崎に対する阿岐本の口調が、すっかりくだけていた。「これから、こちらで働くことになるんだからな」

「……ということは、現場でいろいろと指示されるということですね」

「当然でしょう。こういうことはね、現場が一番大切なんだよ。商いってのは生き物だ。その呼吸をはかることが大切なんだ」

「おっしゃるとおりだと思います」

日村は、またしても暗澹とした気分になった。親分が赤坂に出向いている間、地元はいったいどうなるのだろう。

自分が留守番を任されることになるのだろうか。いや、今までの経験から言うと、日村も銭湯の経営立て直しに駆り出されるに違いない。

地元の用事と銭湯の仕事の両方をやらされることになるのだ。ただ行き来するだけでは済まないだろう。

両方でトラブルが起きたら、オヤジはどうするつもりだろう。

日村は密かにそんなことを思っていた。

小松崎と別れて、稔が運転する車に乗り込む。日村が助手席に乗ろうとすると、阿岐本に「後ろに乗れ」と言われた。

話があるのだろう。後部座席と助手席だと会話がしづらい。

「失礼します」

日村は言われたとおり、阿岐本の隣に座った。稔が車を出すと、阿岐本は言った。

「外観だけじゃなくて、中も昔ながらのいい銭湯だったな」

「はあ……」

それ以上の返事ができない。

「今どきは、スーパー銭湯とかが話題で、ハイカラなのが多いようだけど、やっぱり銭湯は檜湯みたいなのがいいな」

今どき、ハイカラなどという言葉を使っても、なかなか通じないかもしれない。阿岐本は時折、驚くほど古風な言葉を使う。

日村はやはり、「はあ」とだけこたえる。

「俺はずっと不思議だったんだ」

「何のことでしょう」

「今どき、アパートでも内風呂がある。銭湯を使うやつなんざあ限られているはずだ。俺たちのガキの頃に比べれば、客は激減しているはずだ」

「そうでしょうね」

「それなのに、都内には銭湯がある。まあ、客足はおそらくピーク時の半分、いや三分の一くらいになっているんだろうが、銭湯が存続している。どうやってやり繰りしているんだろうと、思ってたんだ」

「優遇措置と補助金の話ですね」

「ああ、そうだ。銭湯にとってはありがたい話だな」

「そうですね」

「檜湯も、借金を抱えながら、つぶれずにいられたのは、そのお陰なんだ」

「そういうことでしょう」

「なら、そのまま続ければいい」

「は……?」

「多少の浮き沈みはあるだろうが、税金や水道料の優遇や、補助金があれば、この先もやっていけるだろう」

「はい」

「だが、佐田さんは、俺たちに経営の立て直しを頼んだ。そいつはなぜなんだ？」

オヤジの言うとおりだと、日村は思った。

なにもわざわざヤクザにコンサルタントを頼むことはないのだ。たしかに、今までどおりで、銭湯はつぶれない。

「つぶれることはないとはいえ、借金は返したいんじゃないですか。経営を健全化するに越したことはないでしょう」

「おめえ、中小企業のオヤジをなめてんじゃねえか」

「は……？」

「連中はしたたかだよ。檜湯も株式会社だと言っていたな。いいかい。赤字なら法人税も取られない。その赤字分は、おそらく補助金でお釣りがくる。つまりさ、今のままなら、佐田さんは、水道料も税金も払わずに済むんだ。その上、固定資産税は三分の二が免除なんだ」

「おっしゃるとおりですね……」

「経営の立て直しったって、この先銭湯が大儲けできるはずもねえ。そこそこ流行ったところで、稼ぎなんて知れている。それで、中途半端に黒字になって税金を取られるんじゃ、割りに合わねえだろう」

さすがにオヤジはばかじゃない。

佐田とにこやかに話をしていながら、ちゃんと考えることは考えている。

「何か裏があるとお考えで？」

「さあな……。そうは思いたくねえが、用心に越したこたあねえだろう」

「つまり、佐田さんが我々をはめようとしていると……」

「いやあ、佐田さんはそんなお人じゃねえだろう。俺だって、人を見るからな」

「自分も、彼は悪い人ではないと思いました」

「ただなあ……」

「ただ、何です？」

「疑おうと思えば、何でも疑えるものだが……。蛭田が現れたタイミングがよすぎたような気もする」

「たしかに、交番のお巡りのレスポンスタイムより早かったですね。でも、それは誰かが通報したからでしょう。蛭田がそう言ってました」

「そうだな。だが、問題は誰が通報したのか、だ」

「普通に考えれば、近所の人でしょう。複数のヤクザがたむろしていたら、警察に通報したくもなるでしょう」

「そいつを確かめてみねえとな……」

阿岐本の声が、幾分か沈んで聞こえた。

「佐田さんが怪しいとお考えですか？」

「そうじゃねえと言ってるだろう。だが、疑問がねえと言えば嘘になる。だからさ、佐田さんを信じるためにも、ちゃんとしたことを知りてえんだ」

日村はうなずいた。

「わかりました」

もとより、日村もそのつもりだった。阿岐本に危ない橋を渡らせるわけにはいかない。少しでも疑問があれば、洗わなければならない。

それは日村の役目だった。

8

事務所に戻ったのは、午後二時半頃だった。阿岐本は、事務所奥の組長室に行った。

日村は定席の、来客用のソファに腰を下ろした。すぐに健一が近づいてきた。日村は尋ねた。

「留守中はどうだった?」

「特に何もありません」

「そうか」

「蛭田ってのは、何者です?」

「なんでその名前を知っている?」

「稔から聞きました」

そうか。昨日、車の中で阿岐本と日村が話していたのを、稔が聞いていたのだ。

「赤坂署のマル暴だ」

「そいつのことを調べろと、オヤジが言っていたそうですね」

「そうだ」

忘れていたわけではないが、まだ着手していなかった。

言われたらすぐにやることを身上としている日村には珍しいことだった。昨日から今日にかけて、いろいろと考えることがあった。さらに、二日連続で赤坂まで出かけた。蛭田のことまで頭が回らなかったのだ。

健一は、そんな日村を気づかってくれたようだ。やはりこいつは頼りになる、と日村は思った。

「甘糟さんに連絡しましょうか？」

「甘糟……？」

日村は、健一の言葉が唐突に感じられて、思わず聞き返していた。

健一がうなずいた。

「ええ、蛭田って、刑事でしょう？　甘糟さんに訊けば、何かわかるんじゃないですか？」

日村は考えた。

「そう言えば、永神のオジキが事務所にやってきてすぐに、甘糟が顔を見せた。赤坂署のやつが、俺たちのことを甘糟に尋ねたと言っていたな。尋ねたのは間違いなく蛭田だろう」

「何のために……？」

「蛭田ってやつは、小松崎や永神のオジキをマークしていたんだ。オジキがうちまで足を延ばしたという情報を得たんで調べたんだろう」

「マメなやつですね」

「たしかにマメだ。昨日俺たちが銭湯を見にいったとき、きっちりとプレッシャーかけにきやがった」

「へえ……」

「甘糟に電話してくれ」

「わかりました」

健一は携帯電話を取り出して、離れていった。ヤクザの携帯電話にはおびただしい人数の電話番号が登録されている。

昔から電話がヤクザの武器でもある。携帯電話ができて、最もその恩恵にあずかっているのは、警察官とヤクザだと言われている。

警察は無線を使えるが、ヤクザはそうはいかないので、昔は山ほど十円玉をかかえていた。喫茶店などの公衆電話を独占したりしたものだそうだ。

テレホンカードが出て、少し楽になり、携帯電話ができて、ますます楽になった。スマホでSNSが使える今は天国だと、オヤジくらいの年齢の人たちがよく話をしている。

いい年をした極道がSNSかよと、あきれるが、利用している同業者は驚くほど多い。便利なものは誰でも使ってみたくなるのだ。

健一が戻ってきて告げた。

「すぐにこちらにいらっしゃるそうです」

「わかった」

甘糟は、三十分ほどして現れた。

「刑事を呼び出すなんて、いい度胸だよね」

それなりの台詞だが、すっかりびびっている様子なので、まるで効き目がない。怨み言を言われているような気分だ。

「場所を指定してくだされば、こちらから出向いたのですがね」

「いいよ。どこで会ったって人目が気になるんだから」

「刑事さんと会って人目を気にするのは、こちらのほうですよ。同業者に見られでもしたら、ハトだと思われますから……」

ハトというのは、スパイのことだ。

「話って何さ」

「まあ、お座りください」

「いいよ、長居する気はないから」

「そうおっしゃらずに……」

日村は先にソファに向かった。甘糟もしぶしぶとそれに従った。甘糟が先に腰かけ、日村はその向かい側に座った。

すかさず真吉がお茶を運んでくる。お茶を巡るいつものやり取りがあり、日村は本題に入った。

「赤坂署の蛭田さんって、ご存じですか？」

甘糟の眼に警戒の色が浮かんだ。

「何だよ、どうして俺にそんなこと訊くんだよ」

「ご存じなんですね」

「さあね」

「昨日、事務所にいらしたときにおっしゃったじゃないですか。赤坂署から、うちについての問い合わせがあったって……。問い合わせしてきたのは、蛭田さんなんでしょう」

甘糟の顔色が悪くなった。追い詰められているのだ。ヤクザに詰問されて顔色を失う刑事も珍しい。

「俺から蛭田さんのことを聞いて、どうしようっていうのさ」

「どうもしません。ただ、知りたいんです」

「ただ、知りたい、で済むわけないでしょう。あんたら、ヤクザなんだし……」

「そっちだって警察でしょう。永神のオジキがね、嫌がらせにあっているんですよ」

「嫌がらせ……？」

「オジキがうちを訪ねてきただけでも、甘糟さんのところに問い合わせがあったわけでしょう？　そのこと一つとっても明らかでしょう」

「警察署同士で情報をやり取りするのは当たり前のことだよ」

「永神のオジキとうちのオヤジは兄弟ですよ。会いにくるのは普通のことじゃないですか」

「あのね。あんたらがやっていることは、どんなことでも、民間人にとっては普通のことなんかじゃないんだよ。兄弟に会いにくるって言ったってね、暴力団の組長が、別の組長に会いにくるわけだよ。警察としては放ってはおけないんだよ」

「それで、甘糟さんは、うちのことを詳しく蛭田さんに教えたわけですね？」

甘糟は目を丸くした。

「俺が、蛭田さんに何をしゃべったか、なんて言えないよ。暴力団員に情報を洩らせば、へたをすればクビだよ」

「警察官はすぐに辞めちまいますからね。私らから見れば、うらやましい限りです」

免職でなくても、懲戒を食らったら、たいていの警察官はさっさと辞めてしまう。どうせ、警察に残っても出世は望めないし、降格人事すらあり得る。

何より辛《つら》いのは、仲間たちの信頼を失うことだ。一度でも暴力団員に情報を洩らしたことがわかったら、誰も信用してくれなくなる。

それなら、辞職して新たな仕事を見つけたほうがいい。

「俺、警察辞めたくないからね」

「俺たちは口が堅いですよ」

甘糟は日村の顔を見つめた。一瞬、心が揺らぎかけたのは明らかだ。

だが、すぐに気を取り直したようにかぶりを振って言った。

「いやいや、そういう問題じゃないから」

「蛭田さんとのお付き合いは、長いんですか？」

「別に付き合いなんかないよ。会議や研修で何度か会ったことがあるだけだ」

「それで電話がかかってくるんですか」

「警察って、そういうもんだよ」

甘糟が少しずつ話に乗ってきた。

交渉術もヤクザの武器の一つだ。ヤクザは脅すものと、世間では思われているようだ。もちろん脅すことも多い。だが、それだけではない。

不屈の交渉力こそ重要なのだ。

相手が嫌になるほどしつこく交渉するのだ。たいていの素人は音を上げて、ほぼ言いなりになる。

「年はずいぶん違うんでしょう?」

「そうね。蛭田さんは五十歳くらいだと思うから、大先輩だよね。だから、何か訊かれたらこたえないわけにはいかないんだ」

「ヤクザも警察も変わりませんね」

「まあね」

「それで、蛭田さんは、うちのことを尋ねたんですね?」

甘糟は、はっという顔をした。

「あ、俺、何もこたえないからね。これ以上質問しないでよ」

日村は苦笑してみせた。

「ただの世間話ですよ」

「まったく、油断も隙《すき》もないな……」

「ここだけの話にしますから、教えてくださいよ。蛭田さんは、甘糟さんにどんなこと訊かれたのですか？」

甘糟は、事務所の中を見回した。テツ以外の若い衆が彼を見つめている。これは、充分にプレッシャーになるはずだ。

ちなみに、テツはいつものようにパソコンのディスプレイを見つめている。

甘糟は、根負けしたように言った。

「蛭田さんには言わないよね」

「決して言いません」

「うちの上司や先輩にも、何も言わないね？」

「言いません」

それからまた、甘糟はしばし考えていた。

煮え切らないな、と日村は思った。

本気でしゃべることを拒否するのなら、すでに事務所をあとにしているはずだ。まだソファに腰を下ろしているということは、しゃべる余地があると日村は読んだのだ。

いずれはしゃべると踏んでいたが、甘糟は決断力が弱いのか、なかなか腹をくってくれない。

ここで妙に急かしたりしては台無しになってしまう。じっくり待つしかない。日村はそう思い、口を閉じて甘糟の出方を待っていた。

やがて、甘糟が言った。

「考えてみたら、別に隠すほどのことじゃないかもね。蛭田さんは、こう言ったんだ。永神が、そっちの署の管内にいったようだ。何か心当たりはないか、と……」

「それで？」

「心当たりは、阿岐本組しかないだろう。だから、そう言ったよ」

「名前を出したんですね」

「そうだよ。永神と阿岐本の関係は有名だ。阿岐本親分が、永神の兄貴分だということも話したよ」

「その他には何を……」

「組員の数とか、代貸のあんたの名前も……」

つまり、赤坂で会ったとき、こちらの素性は知られていたということだ。

「蛭田さんは、どうして永神のオジキにつきまとっているんでしょうね？」

甘糟が驚いた顔を向けた。

「何言ってんの。組対の刑事が暴力団員のことを調べるの、当たり前のことでしょう」

「甘糟さんは、自分が永神のオジキのところを訪ねたら、いちいち調べますか？」

甘糟は、ふくれっ面になって言った。

「時と場合によるよ」

おそらく、怠慢を指摘されたように感じたのだろう。

「時と場合ね……。どういう場合なら、調べるんです?」

しつこく追及するのは、ヤクザの得意技だ。

「どういう場合って……。いろいろだよ」

「例えば……?」

「何かネタを握っていて、検挙しようと考えている場合は、細かく行確するよね」

行確は、行動確認のことだ。尾行や張り込みで対象者の立ち回り先や面会者などを確認する。

「じゃあ、蛭田さんが、何か永神のオジキのネタを握っているということですか」

甘糟は慌てた様子で言った。

「そんなこと、俺言ってないからね。例えばそういうこともあるって話だよ」

「何か知ってるなら教えてくださいよ」

「俺は何も知らないよ。昨日も言ったけど、赤坂署の事案だからね」

「事案? 事案とおっしゃいましたね。つまり、蛭田さんは、永神のオジキが関わっている事案を抱えているということですか?」

「いや、そんなこと、知らないと言ってるだろう。事案と言ったのは、言葉のアヤだよ。つまり、赤坂署の連中が何を考えているかなんて、俺にはわからないってことだよ」

日村は、質問の方向を変えることにした。

「刑事さんはたいてい、二人一組で動くんですよね」

「そうだね」

「蛭田さんはいつも一人で行動しているようでした。それはなぜでしょうね」

「さあね。いろいろ事情があるんだろう」

「甘糟さんのように？」

甘糟はさらに不機嫌そうな顔になった。

「俺のことはどうだっていいだろう。赤坂署のマル暴は忙しいだろうからね。なんせ、赤坂はあんたの同業者だらけだからね」

「まあ、昔ほどじゃないようですがね」

バブルの頃は、赤坂で石を投げればヤクザに当たると言われていた。

「どうして、あんたが蛭田さんのことをあれこれ訊きたがるわけ？」

「永神のオジキがつきまとわれているって言ったでしょう」

「普通ならそんなこと、気にしないよね。何かあった？」

「別に何もありませんよ」

「昨日は、訊きそびれたんで、もう一度訊くけど、永神は何をしにここに来たの？」

「自分は知らないと言ったはずです」

「署に戻って考えたんだ。代貸のあんたが知らないはずはないって……。親分と永神は何の話をしていたんだ？」

おそらく、署に戻って郡原に何か言われたのだろう。

どうやら雲行きが怪しくなってきた。潮時だろう。

「日常的なシノギの相談事ですよ。今どきは自分らの稼業もたいへんでしてね……」

「どんなシノギ？」

「それは企業秘密ですよ」

「警察相手に、それは通用しないよ」

形勢が逆転しそうだ。甘糟も刑事だ。あなどれない。

「それより、蛭田さんのことです。いつも一人なのは、他の刑事さんに知られたくないことがあるからじゃないんですか？」

「何だよ、それ」

甘糟は眉をひそめた。「何が言いたいの？」

蛭田の弱みを握りたいのだとは言えない。そして、これ以上話をしていると、いくら鈍い甘糟でも、阿岐本のオヤジが赤坂で銭湯の経営に関わろうとしていることに勘づくだろう。

甘糟はともかく、その裏にいる郡原はなかなか頭が回り、したたかだ。

「蛭田さんの評判とか、うかがいたいですね」

「知らないよ」

甘糟が言う。「俺、あの人のことをそんなに詳しく知っているわけじゃない。そう言ったよね」

「わかりました。今日はわざわざご足労いただき、ありがとうございました」

日村は、立ち上がった。有無を言わせない態度だ。甘糟も、釈然としない表情で立ち上がった。

「ホントに、妙なこと考えないでよ。いいね」

甘糟はそう言いながら、事務所を出て行った。

その台詞、俺がオヤジに言いたい。

日村がそう思って、再びソファに腰を下ろすと、健一が近づいてきて言った。

「甘糟さんは、蛭田については本当に何も知らない様子でしたね」

「どうかな……」

「蛭田は、うちのことを調べてどうするつもりでしょう」

「刑事は調べなきゃいられないんだ。犬が何でも臭いを嗅ぐのといっしょだ」

「永神のオジキがマークされているんですよね」

……というより、もともとは小松崎がマークされていたのではないか。

そう思ったとき、事務所のドアがいきなり開いて、大きな声がした。

「こんにちはあ」

日村は、その明るすぎる声に心底びっくりした。

ブレザーにチェックの短いスカート。制服姿の女子高生だ。

「香苗《かなえ》」

健一が言った。「また来たのか」

近所に住む坂本《さかもと》香苗という娘だ。いつの頃からか、事務所に顔を出すようになった。

日村は健一に言った。

「鍵をかけていなかったのか。カチコミだったらどうする」

「すいません。甘糟さんが出ていかれたままになっていました」

日村は香苗に言った。

「ここは、遊びに来るところじゃないと、何度言ったらわかるんだ」

「あら、親分さんはいつでもおいでって言ってくれたわよ」

普通の高校生なら、組事務所に近づいたりはしない。香苗は、頭のネジが一本抜けているのかもしれない。

まあ、彼女の祖父と阿岐本のオヤジが親しかったという事情もあるのだが……。

組長室のドアが開いた。

「おや、元気な声がしたと思ったら、香苗ちゃんかい」

香苗は阿岐本に向かってぺこりとおじぎをする。

「こんにちは」

「はい、こんにちは」

それから阿岐本は日村に向かって言った。「おめえ、道後温泉《どうごおんせん》って知ってるか？」

「は……？　松山《まつやま》の道後温泉ですか？　聞いたことはありますが……」

「ちょっとそこに行ってみたい。段取りしな」

「は……？」

「どうせなら、みんなで行こうか。福利厚生だ」

突然のことで、日村はただ唖然《あぜん》とするしかなかった。

9

「えー、温泉行くの？」

香苗が言った。「いいなあ」

阿岐本がにこやかに言う。

「勉強しなくちゃならないからね」

「勉強？　何の勉強？」

「ちょっと、銭湯の勉強をね。道後温泉は、銭湯の親玉みてえなもんだ」

香苗がきょとんとした顔になる。

「銭湯の親玉？」

「そうだよ。道後温泉本館ってのはね、他の温泉地なんかと違って、旅館とかじゃないんだ。外湯の施設なんだ。銭湯とおんなじなんだよ」

「へえ……」

日村も、それを知らなかった。

香苗がさらに尋ねる。

「親分さん、なんで、銭湯の勉強なんかするの？」

阿岐本は相変わらずにこやかだ。

「人生何でも勉強なんだよ」

「それ、こたえになってない」

女子高校生というのは、怖いものを知らないのだろうか。

日村はそんなことを思っていた。

自分が若い頃、オヤジに逆らったら、間違いなく鉄拳制裁を食らったものだ。まあ、かわいげのない若い頃の日村と、香苗を比較するわけにはいかないが。

阿岐本が言う。

「銭湯を勉強することはね、日本人の心を勉強することじゃないかと思うんだよ」

「日本人の心？　銭湯で？」

「そうだよ」

「だって、銭湯って、お金を出してお風呂に入るだけでしょう？　昔、自宅にお風呂がない家がたくさんあって、それでみんな銭湯に行ったんですよね」

「たしかにね、昔は風呂のない家もけっこうあった。けどね、銭湯に行くってのは、それだけじゃないんだ。自宅の狭い風呂じゃ味わえないものを味わえる」

「へえ……。私、けっこうシャワーだけで済ませちゃうんで、どこでも同じだと思うけど……」

「シャワーってのは、やっぱり西洋の文化だろう。日本人ならやっぱり、ゆっくりと湯船に浸《つ》からなきゃだめだよ」

「えー、何だか面倒臭いじゃん」

「そういうことを言ってるから、日本がどんどん世知辛くなっちまうんじゃないのかな」

「それって、関係あるの？」

「俺はあると思うね。おめえら、どう思う？」

阿岐本は、突然その場にいた子分たちに話を振った。

日村は取りあえず黙っていることにした。すると、真吉がこたえた。

「自分も、シャワー派ですけど、たまに風呂に浸かると気持ちがいいですね」

「そうだろう。その気持ちがいいってことが重要なんだ」

香苗が尋ねる。

「なんで？」

「今の日本人は、嫌なことばかり考えているからだよ。マスコミのせいもあるだろうな。景気はなかなかよくならないとか、先行きは不透明だとか、国際情勢は予断を許さないだとか、テレビも新聞もそんなことばかり言ってる。そりゃ、国民に警告することは大切だよ。けどね、テレビや新聞を見るたびに悪いことだらけじゃ、いい加減、嫌になるじゃないか」

「そりゃそうよね」

「だからね、今の日本人はもっと気持ちのいい思いをしなけりゃだめなんだ。日常の中でも何か気持ちのいいことを見つけなけりゃ。そういうものの積み重ねで、世の中の気分ってものができあがるんだ。経済なんて、けっこう気分で変わるんだよ」

そんなに単純ではないだろう。

日村は思った。

だが、阿岐本が言うことにも一理ある。世の中にどんなに金があっても人々の気分が明るくならない限り、景気がよくなったとは感じないだろう。

「風呂に入るなんざあ、どうでもいいと思いがちだ。けどね、そういう心の余裕が必要なんだ。一日に一回、のんびりと湯に浸かる。それで気分も変わろうってもんだ。血行がよくなり、体の芯が温まって健康にもなる。健康になれば、気持ちが前向きになって、さらに世の中も明るく感じられる」

「へえ……。なんだか、そんな気がしてきた……」

「それにね、銭湯ってのは、ただ湯に浸かるだけじゃない。公衆道徳を学ぶ場でもあったわけだ」

「公衆道徳……？」

「世の中には決め事があるんだ。まあ、難しく考えることあないよ。要するにエチケットだ。ガキの頃から銭湯に行ってると、自然と大人たちの振る舞いからエチケットを学ぶことになる。湯船に入る前には体を洗うとか、湯に手ぬぐいを浸けちゃいけないとか、頭や体を洗うときに、石鹼や湯を飛び散らかしちゃいけないとか。風呂椅子や洗面器は、次の人のためにちゃんと片づけておくとか……。他人《ひと》様といっしょに風呂に入るには、いろいろと約束事が必要で、それがつまりは公衆道徳ってやつなんだ」

「へえ、お風呂に入るのに、道徳が必要とは思わなかったわ」

「だから、最近は温泉なんかでも、約束事を守らない連中が増えたんだよ」

阿岐本は「決め事」と言った。江戸っ子らしい言い方だ。日村は、この言い方が好きだった。

「決まり事」ではない。「決め事」だ。誰かが決めたことではなく、あくまでも自分たちが決めたのだということだ。

「決まり事」だと守らなくてもいいような気がするが、「決め事」はきっちり守らなければならない。そんな気がするのだ。

「なんだか、それ、わかる気がする」

香苗が言うと、阿岐本は笑顔でうなずいた。

「裸の付き合いって言葉があってね。飾らない付き合いのことを言うんだけど、銭湯じゃまさしく裸の付き合いだ。普段着飾っている人も、粗末なものを着ている人も関係ない。そういう関係も大切なんだよ」

「それって、人は平等だ、なんて言われるよりわかりやすい」

「人は平等かもしれないが、決して対等じゃない。けど、銭湯なら平等で対等になれるんだ」

「なあるほどお。銭湯って勉強になるのね」

「だろう？　だから、もっと勉強しようと思ってな」

「それで、道後温泉に行くわけ？」

「そうだよ」

「いいなあ。私も行きたいな」

阿岐本は笑った。

「お嬢と裸の付き合いができるわけじゃないよ」

「ま、そうだけど」

「それに、学校があるだろう」

「土日なら行ける」

「土日となれば、温泉も混むだろう。俺たちはできるだけすいているときに行きたいんだよ」

「そっかあ……」

「いつか、ご家族で行くといいよ」

「家族ねえ……」

阿岐本は、日村に言った。

「そういうこったから、準備を頼むぜ」

日村は、動揺したままだった。

「いや……、準備とおっしゃいましても……。何日くらい滞在される予定ですか？」

「一泊、せいぜい二泊だな。そんなにのんびりはしていられない。湯治《とうじ》じゃねえんだ。言ってみりゃ、研修だからな」

「一泊か、二泊……。それで、いつ頃をお考えですか？」

「いつでもいいよ。善は急げって言うから、早いほうがいいだろうよ」

「みんなで行くと言われましたね？」

「ああ、どうせならいっしょに行こうぜ。誰かが置いてきぼりじゃかわいそうだ」

「事務所が空になっちまいます」

香苗が言った。

「私が留守番してようか」

日村は慌てた。

「冗談じゃない」

阿岐本が言う。

「おい、お嬢は冗談を言っただけだよ。そんなに目くじら立てんなよ」

「はあ……」

「一日や二日、留守にしたって構いやしねえよ」

「いや、そういうわけには……」

「昔と違って、俺たちの出番もめっきり少なくなった。まあ、それだけ実入りも少なくなったわけだがな……」

阿岐本が若い時分には、地域の揉め事には必ず駆けつけたものだという。それだけ、地域の人々に頼りにされていた。

頼りにされていたというのは、つまりはミカジメなどの収入も多かったということだ。たしかに昨今は、出番も収入も減っている。事実、事務所の電話が鳴らない日もある。ヤクザ稼業もあがったりだ。

それでも阿岐本は、時折大きな仕事を取ってきて、常にそれなりの蓄えがあるのだから、たいしたものだと、日村は感心している。

「せっかくの温泉旅行だ。けちけちするこたあねえよ。派手な贅沢はできねえが、それなりの旅行を用意しな」

「は……」

「じゃあ、頼んだよ。お嬢、またな」

その言葉を残して、阿岐本は組長室に引っ込んだ。

日村は考え込んでいた。

もちろん、旅行の手配くらいどうということはない。日村は、やれと言われれば、どんな種類の代理業もやってのけられる。そういう修行をしている。それがヤクザだ。

行政書士や社労士のように専門的な知識が必要な場合は、適当な人材を見つけてくるだけのことだ。

旅行代理店の真似事もやろうと思えばできる。阿岐本があぁ言うのだから、金銭的にも問題はないだろう。

それでも日村は、心配でならなかった。このご時世に、組員が全員で旅に出るというのだ。

「いいなあ」

香苗が言う。「みんなで温泉だなんて」

日村は言った。

「まだいたのか」

「いちゃ悪い？」

「高校生が、こんなところに来ちゃだめだと、何回も言ってるだろう。学校に知られたらやばいんじゃないのか？」

「別にいいと思うけど……」

「だいたい、何しに来たんだ」

「何か手伝うこと、ないかと思って……」

「ここをどこだと思ってるんだ。女子高生に手伝えることなんて、あるわけないだろう」

「食事当番とか、買出しとか、あるでしょう」

「それも若い衆の修行のうちなんだ。修行を邪魔しちゃいけない」

「電話番は？」

「それこそ、組員の重要な仕事だ。電話は俺たちの生命線だ。よその人間に組の電話を取らせるわけにはいかない」

「あの……、代貸……」

健一がおずおずと言った。

「何だ？」

「そんなにムキにならなくても……」

日村は言われて、深呼吸した。

相手は組の若い衆じゃない。たしかにムキになることはない。

日村は、香苗に言った。

「いいから、何か問題が起きる前に帰ってくれ」

「問題って？」

「ヤクザが女子高生を事務所に連れ込んだ、なんて噂《うわさ》が立ったら、たちまち誰かがしょっ引かれることになる。へたをすれば、オヤジが捕まる」

「まさか……」

「警察ってのはな、いつも俺たちを逮捕する口実を狙っているんだ」

「ふうん……」

香苗は不満そうに言った。「しょうがない。親分さんを逮捕させるわけにはいかないもんな……」

香苗は出入り口に向かった。

「じゃあね」

彼女が事務所を出て行くと、日村はほっとして、健一に言った。

「おい、出入り口にちゃんと鍵をかけておけ」

「はい」

健一はすぐに言われたとおりにする。それから、日村に尋ねた。

「旅行の件、どうします」

「オヤジの命令だから、逆らうわけにはいかないが、どうも全員で温泉旅行というのがな……」

「何か問題がありますか」

「大ありだろう。まず、組事務所が空っぽになる」

「それについては、オヤっさんも心配ないとおっしゃっていました」

「オヤジはいつも、細かいことは考えないからな」

「でも、オヤっさんがだいじょうぶと言うのですから、きっとだいじょうぶでしょう」

「俺たちが全員で温泉旅行なんて出かけたら、マル暴刑事が黙ってはいないだろう。愛媛《えひめ》県警に手を回して逮捕、なんてことになりかねない」

「温泉旅行に行くだけで逮捕ですか？」

「そういうご時世だよ。警察は、俺たちが何にもできないようにしたいんだ」

真吉が言った。

「そんな……。別に旅行するくらい、どうってことないじゃないですか」

「どうかな……。例えば、俺たちが旅館の予約をするだろう。そうすると、旅館は暴力団に便宜を図ったということで、暴力団排除条例なんかにひっかかるわけだ」

健一が苦笑した。

「いや、宿泊させただけで、排除条例にひっかかるとは思えません」

「そうかな。何度も言うがな、警察は口実を求めているんだ。旅館が俺たちの予約を受けた段階で、暴力団と契約を交わしたことになる。それは厳密に言うと、排除条例違反だろう」

「それって、拡大解釈でしょう」

「警察はパクりたかったら、平気で拡大解釈するよ。転び公妨をやる連中だぞ」

転び公妨は、公安が左翼活動家などを逮捕するために使った手だ。職質などの際に、捜査員が突然、「あっ」と声を上げてひっくり返る。突き飛ばされたという芝居をするのだ。すると、他の捜査員がすかさず「公務執行妨害」と宣言するのだ。

もちろん、対象者は何もやっていない。それでも警察は逮捕できてしまうのだ。公務執行妨害というのは、警察にとっては実に使い勝手のいい罪状だ。

それに加えて、暴対法や排除条例だ。警察は、阿岐本組のような連中には何でもできると考えたほうがいい。

「たぶん……」

真吉がかなりトーンダウンして言った。「オヤっさんがだいじょうぶだとおっしゃるんだから、だいじょうぶなんじゃないですか……」

健一もそれに同調する。

「そうですよ。ただ温泉に行くだけなんです」

「そうかな……」

今や暴力団員は、不動産の契約もできなければ、銀行の口座も作れない。普通の生活が許されないのだ。

おかしな話だと、日村は思う。

どんなに法律で取り締まっても、暴力団はなくならない。いや、暴力団は解散するかもしれない。だが、その構成員はいなくなるわけではない。

たちの悪いやつらが、街に放たれるだけのことだ。そういう連中は、組の締め付けがない分、余計に粗暴になる。

また、それまでヤクザが担っていた仕事というものがある。世の中きれい事ばかりでは済まない。

誰もが嫌がるようなことを、ヤクザ者が引き受けていたという側面もある。例えば、派手な芸能界も裏側では面倒なことが多い。一筋縄ではいかないような連中が跋扈《ばっこ》している。彼らをコントロールする必要もある。

荒くれ者が多い肉体労働者たちを力でまとめる必要もある。そういうときに体を張る者たちが必要だと日村は思っている。

いや、百歩譲って、そういう仕事を堅気がやることも可能かもしれない。

事実、祭りからテキヤが追い出されているのだという。地元の祭りで、自治体なんかが出店をやるのだそうだ。

まったく盛り上がらないらしいが、地域住民がそれを望むのなら、それでいいだろう。

問題は、どんなに暴力団をつぶしたところで、ヤクザな存在はいなくならないということだ。合法的にシノギができないとなれば、そういう連中は非合法化する。

地下に潜ってあこぎな商売を始めるのだ。かつて暴力団だった連中が、マフィア化するというわけだ。

同業者から、事実そういうことが進行しているという話はよく聞く。

つまり、実態は以前より悪くなっているわけだが、警察はそれで目標が達成されつつあると考える。

暴対法や排除条例によって、暴力団を解散させればいいのだ。その結果がどうなろうと、警察の知ったことではないのだ。

日村はかぶりを振った。

考えてもどうしようもないことは、考えないほうがいい。

「真吉、旅行の計画を立てろ。そして、宿と足の予約をするんだ」

真吉の表情が、ぱっと明るくなった。健一もうれしそうな顔になった。

そうなんだ、と日村は思った。

こいつらを失望させるようなことはできない。そして、何だかんだ言っても、オヤジに逆らうことなどできないのだ。

そして、日村は気づいた。
温泉旅行など、生まれて初めてのことだった。

10

「マジっすか」

健一が驚いたように言った。「代貸、これまで、温泉に行かれたことがないんですか」

日村は、照れくさくなり、ぶっきらぼうに言った。

「ああ……。おれんちはずっと貧乏だったし、父親がいなくて、母親はずっと働きづめだったからな……」

「付き合った女と、温泉にしけ込んだりしなかったんですか」

言われて考えてみた。そういう経験もなかった。

日村はこれまで、自分がひたすら突っ走るように生きてきたような気がした。

オヤジは先ほど、日本人はもっと余裕を持たなければならない、というようなことを言っていたが、余裕がないのはこの俺じゃないかと、日村は思った。

「初めての温泉旅行となれば、いい思い出になるように、いろいろと工夫しなけりゃならないですね」

「なに張り切ってるんだ。そんな必要はない。普通に、宿と列車の切符を用意すればいい」

「コンパニオンとか、いらないんですか？」

「そんな必要はない。いいか、できるだけ目立たないようにするんだ。いつもオヤジに言われているだろう。俺たちは、いるだけで素人衆の迷惑になるんだ」

「わかりました」

健一はうなずいた。「じゃあ、テツにネットで準備させましょう」

パソコンというのは、ずいぶん便利な代物だ。テツに任せておけば、日村が旅行代理店の真似事をする必要もなさそうだ。

「任せる」

「どんな旅館にしましょう。オヤっさんは、それなりの旅行を用意しろと言われましたが……」

「組の懐事情は知っているだろう。あまり贅沢はできない。そこんところを斟酌《しんしゃく》しろ」

「わかりました。テツと相談して決めます」

「善は急げと言っていた。オヤジがああ言うときは、すぐにでも出かけたいと考えているんだ」

「心得てます」

日村は、定席の来客用ソファに腰を下ろした。

そのとたんにまた、組長室のドアが開いた。

「おい、誠司。ちょっと来てくれ」

「はい」

日村はすぐに組長室に向かった。

さきほど顔を見せたときに話せなかったことがあるようだ。おそらく、香苗がいたからだろう。

日村はドアを閉め、阿岐本の席の前に立つと言った。

「何でしょう？」

「赤坂署の蛭田の件だ。何かわかったかい？」

「甘糟さんに訊いてみました」

阿岐本は笑った。

「甘糟さんに？　何と言ってた？」

「たいしたことは聞き出せませんでした。向こうも刑事ですからね」

「だろうね」

「ただ、永神のオジキがこっちにやってきたことを甘糟さんに伝えたのは、やはり蛭田だということです」

「そうか」

「甘糟さんは、うちのことを詳しく蛭田に教えたようですね」

「つまり、昨日会ったときには、あいつはすでに俺たちのことを知っていたということかい」

「そうですね」

「ふうん。野郎、知らんぷりをしていたというわけだ」

「はい」

「わかった。引き続き、調べてくれ」

「承知しました」

「なあ……」

「は……？」

「物好きだと思ってるんだろう」

「何のことでしょう」

「道後温泉だよ」

「いえ……。オヤジが必要だと感じておられるのなら……」

「檜湯の佐田が何を考えているのかは、まだわからねえ。だがな、受けた仕事は精一杯やりてえ」

「はい」

「檜湯を流行らせたいと佐田さんがおっしゃるなら、それを手助けしようじゃねえか。道後温泉に行けば、きっと学ぶことがたくさんあるはずだ」

「わかりました」

「おめえにも、苦労をかけ通しだ。温泉でのんびりしてもらいてえ」

オヤジはずるい。こんなことを言われたら、逆らえなくなる。

旅先でのんびりできるとは限らない。何か面倒事が待っているのではないかと心配していた。いずれにしろ、気苦労は絶えないのだ。

「ありがとうございます」

「おめえと温泉旅行なんて、初めてのことだな」

「はい。若い衆も楽しみにしているようです」

「そうだろうね。じゃあ、頼んだよ」

日村は、礼をして組長室を出た。

「あ、代貸……」

健一が声をかけてきた。

「何だ？」

「予約、明日でいいですか？」

今日の明日だ。素人なら二の足を踏むこともあるだろう。だが、ヤクザは即断即決即行動だ。

そうでないと生き残れない。比喩ではなく、判断が遅れたばかりに、本当に死ぬこともあるのだ。

「いいだろう」

「じゃあ、すぐに予約させます」

健一が言うと、テツがパソコンの画面を見ながらキーを叩いた。

さあ、これでもう後戻りはできない。テツが予約した内容をプリントアウトした。旅行のプランが記してある。羽田《はねだ》から松山空港まで飛行機で飛ぶことになるようだ。

それを手に、日村は再び組長室を訪れた。紙を手渡すと、阿岐本は満足げに言った。

「仕事が早いね」

「今はパソコンで何でもできるようです」

「テツは頼りになる。さて、おめえも、予習しておくんだな」

「予習ですか？」

「そうだ。檜湯にとって、何が必要か。それを道後温泉本館から学んでくるんだ。予習が必要だろう」

「わかりました」

そうはこたえたものの、何をどう予習すればいいのかわからない。

組長室を出ると、日村はテツに言った。

「おい、道後温泉について調べてくれ」

テツが、度の強い近眼の眼鏡の奥にある眼を日村に向けて言った。

「ざっと調べてあります。プリントアウトは、テーブルの上です」

日村は応接セットの小さなテーブルに眼をやった。そこにカラフルな書類が置いてあった。いくつかのウェブサイトをプリントアウトしたもののようだ。

日村はうなずくと、ソファに腰を下ろしてその紙の束をめくっていった。道後温泉は日本《にほん》書紀《しょき》にも登場するという記述があって、日村はびっくりした。

日本書紀といえば、たしか最古の歴史書だったよな……。学ばなくてもそれくらいのことは知っている。

その日本書紀に道後温泉が出てくるという。どれくらい古いんだと、半ばあきれてしまった。

古いだけあって、いろいろな伝説があるらしい。その一つが白鷺《しらさぎ》伝説だ。

足を怪我した白鷺が、温泉を見つけて毎日浸かりに来ていたという。すると、白鷺はたちまち元気になった。

これを見ていた村人が、ためしに湯に浸かってみると、実に爽快で、疲労が回復し、病気も治ることがわかった。その後、さかんにこの温泉が利用されるようになった。

この地を鷺谷といい、道後温泉にほど近い場所だったという。後世の人が、この伝説を記念して鷺石を置いたが、現在は、その石が道後温泉駅前の放生園《ほうじょうえん》に移され、保存されている。

石といえば、もう一つ。玉の石の伝説というのがあるそうだ。

昔、大国主命《おおくにぬしのみこと》と少彦名命《すくなびこなのみこと》が国づくりのために旅をしているときのことだ。伊予《いよ》の国に入ると少彦名命が病気になって苦しみだした。

そこで、大国主命は、少彦名命を温泉に入れた。すると、病気はたちまち快癒し、元気になった少彦名命が石の上で踊り出した。

それが玉の石だというのだ。

大国主だって……。

日村はまたしてもあきれてしまった。

これもまた、気が遠くなるくらいに古い話だ。それにしても、元気になったからといって、石の上で踊るって、どんな神様だよと、日村は思った。

さらに、聖徳太子《しょうとくたいし》にまつわる伝説もあるそうだ。この地を訪れた聖徳太子が碑《いしぶみ》を建てて、碑文を残したというのだ。

「おい」

日村はテツに声をかけた。「最近じゃ、聖徳太子ってのは実在しなかったたってことになってるんじゃないのか？」

眼鏡の奥の目を瞬《しばた》いて、テツが言った。

「そうですね。今は厩戸皇子《うまやどのおうじ》というらしいです」

「おまえも、このサイト、見たんだよな」

「見たからプリントアウトしたんですが……」

「実在しない人物が碑を建てたの、碑文を残したのってのは、どういうことだ？」

「あくまでも、伝説の話ですから……」

「伝説だからって、でたらめを宣伝していいのか？」

ヤクザなので、ついからんでしまう。

「そんなことを言ったら、大国主と少彦名の伝説だって事実じゃないってことになるでしょう」

きっちり切り返してきやがった。

「石と碑文じゃ違うだろう」

「どちらも伝説なんです。そのまま事実とは限らないんです。でも、伝説には事実ではなく真実が含まれていると思いますよ」

日村は眉をひそめた。

「それはどういうことだ？」

「伝説の内容そのものが事実なわけじゃありません。でも、その伝説を生んだ民衆の気持ちというのは真実なんです」

「小難しいこと言うじゃないか。聖徳太子や大国主の伝説の何が真実だって言うんだ？」

「健康効果が高い、いい温泉だということを、なんとか強調して広く伝えたいと、地域の人たちが強く思ったわけです。それには、神様や歴史上の有名人の名前を借りるのが手っ取り早いわけです」

「誇大広告じゃないか」

「みんな伝説は伝説として受け止めているんです」

「そんなもんかなあ……」

日村は、プリントアウトの紙に眼を戻した。

道後温泉本館のシステムについて書かれていた。神《かみ》の湯《ゆ》と霊《たま》の湯《ゆ》という二つの浴場があり、それぞれに二つのコースが用意されているようだ。

一番安いコースが「神の湯・階下」、最も高いのが「霊の湯・三階個室」だ。個室とかいうのは、休憩所のことらしい。

実際にどんなものかは、行ってみないとわからない。霊の湯のコースでは、浴衣《ゆかた》やタオルを貸してくれるようだ。

予習をしたところで、何がわかるというのか。日村は思った。

道後温泉の地図もあったが、これも現地に行ってみて、実際の地理と見比べないことには実感が湧かない。

日村は、紙の束をテーブルの上に放り出した。とにかく、行ってみるしかない。そう思うことにした。


若い衆は、すっかり遠足気分だ。

車で羽田まで行こうとしたら、阿岐本に言われた。

「羽田の駐車場がどういうありさまか知ってるのか。車を路上にほっぽり出したまま飛行機に乗るはめになるぞ。モノレールで行くからいい」

行ってみたら、阿岐本が言ったとおりで、駐車場はどこも一杯。車で行ったら、駐めるところがなく、パニックになっていたところだ。

残暑がけっこう厳しく、阿岐本は半袖の白いシャツにチノパンツという地味な恰好だった。

日村はいつものとおり、黒のスーツにノーネクタイの白いシャツだ。

若い衆にも、できるだけ地味な恰好をしてこいと言ってある。健一は、グレーのスーツだ。日村と並ぶと、素性は隠しきれない。

事務所にいるときにはいつもジャージ姿のテツは、ポロシャツにジーパンという堅気のような恰好だ。

真吉は薄手の長袖のシャツに、すっきりとしたスラックス姿だ。今どき、スラックスなんて言い方はせず、パンツと呼ぶのだろうが、日村はどうもパンツという言い方には馴染まない。

稔は、Tシャツに薄手のジャンパー、黒いジーンズという恰好だ。

まあ、これなら素人衆に交じって飛行機に乗っても威圧感はないだろう。阿岐本と日村はちょっと広めの席だが、四人の若い衆はエコノミーだ。

それでも滅多に飛行機など乗らない四人ははしゃいでいる。羽目を外さなければいいがと、日村は気が気ではない。

そんな日村を見て阿岐本が言う。

「少しは落ち着いたらどうだ」

「いえ……。自分は落ち着いていますが……」

「あいつらだって、それなりに気を遣っているさ。気にするな。旅を楽しんだらどうだ」

「あいにく自分は苦労性で、旅を楽しんだという経験があまりありません」

「旅が嫌いかい」

「そういうわけじゃないんですが、乗り物に遅れないか、とか、乗り過ごしたらどうしようとか、そういうことが気になりまして……」

「日本中、道路も線路もつながっているんだよ。どこで乗り遅れようと、どう乗り過ごそうと、どうにでもなるんだ」

「はあ……。それはわかっているんですが……」

阿岐本は、機内誌を手に取り眺めている。心配しようがしまいが、飛行機は飛び立ち、そして着陸する。

松山空港からリムジンバスで、道後温泉駅まで向かう。テツは旅館に二泊の予約をしていた。

みんな荷物も少なく移動も楽だ。午前十時頃組事務所を出発して、午後二時には松山空港に到着。さらに、二時五十五分には道後温泉駅に着いていた。

チェックインが三時だから、ちょうどいい時間だ。テツに任せておけば実に効率的だ。地図を見ながら進む。

「お、あれが温泉本館ですね」

健一が指さした。

風格のある建物だ。温泉を舞台にしたアニメのモチーフにもなったということだ。なるほど、それもうなずけるたたずまいだ。

「取りあえずは旅館ですね」

健一がさらに地図を頼りに、本館の脇を通り過ぎて、T字路を左に進む。

「ここですね」

日村はそう言われて、立ちすくんだ。

ずいぶんと高級そうな旅館だった。玄関前には打ち水がしてある。

「おい、本当にここなのか……。何かの間違いじゃないのか？」

テツがこたえる。

「いえ、間違いなくここを予約しました」

「オヤジが、贅沢はできないって言っただろう」

「それなりの旅行を用意しろとも言われました。ここ、それなりの範疇だと思います」

阿岐本は苦笑した。

「誠司は、こういうことになると、肝っ玉が小《ち》せえんだ。さあ、チェックインだ」

たしかに日村は、ずっと貧乏暮らしだったので、高級な旅館とかホテルとかレストランとかには、つい尻込みしてしまう。

阿岐本に、ずいぶんといろいろなところに連れて行ってもらって場慣れもしたつもりだが、根本的なところは変わっていない。

チェックインの際に、断られたりはしないだろうな……。

今度はそんな心配を始めた。

予約のときにはわからなくても、実際に姿を見ればヤクザだということはわかってしまうだろう。排除条例を楯《たて》に、宿泊を断られる恐れもある。

だが、それは杞憂《きゆう》だった。健一は何事もなくチェックインを済ませて、三つの鍵を手に、阿岐本のもとにやってきた。

阿岐本と日村は個室。若い衆は四人部屋だ。

「さてと……」

阿岐本が言った。「さっそく本館でひとっ風呂浴びてこようか」

11

日村は、部屋に入った。荷物は小さなバッグが一つ。中は替えの下着とワイシャツくらいだ。荷解きの必要もない。

すぐに出かけようとして、ふと思った。

タオルとかは必要ないのだろうか。旅館の温泉なら、バスタオルや手ぬぐいは部屋に付いているだろう。

だが、道後温泉本館は外湯なのだという。銭湯の親玉みたいなものだと、阿岐本が言っていた。ならば、タオルを持参したほうがいいのではないか……。

若い衆に訊くわけにもいかない。阿岐本にわざわざ電話するようなことでもない。

迷ったところで、日村はタオルなど持ってきていない。旅行のときはいつも、荷物は最低限だ。近ごろはどんなビジネスホテルでもバスタオルをはじめ、歯ブラシなどのアメニティーがそろっているから、そういうものを持参する習慣がなくなっている。

ヤクザは旅が多いので、自然に旅慣れる。義理事が多いので、いつどこに行くことになるかわからない。

それに、博徒系にしろ神農系にしろ、もともとは旅をするものだ。里に居着かない風のような存在。それがヤクザだ。

……などと恰好をつけていても仕方がない。とにかく、フロントに行ってみよう。

すでに若い衆はフロント前に集まっていた。ふとその脇を見ると、土産物を並べるような台に、竹で編んだ小さな籠がいくつも並んでいる。

その中にタオルが入っていた。

「本館においでの方は、ご自由にお使いください」という札が出ている。

なんだ、そういうことか……。

日村は脱力した。おそらく若い衆はタオルのことなど気にしていないだろう。阿岐本は言うまでもあるまい。

だいたい、温泉などの施設は利用者のことを考えて、至れり尽くせりのはずだ。余計なことを考えずに、流れに任せればいいのだ。

それはわかっているのだが、なにせ、日村はこういうところでくつろいだ経験がない。

やがて、阿岐本がやってきて言った。

「待たせたな。行こうか」

出入り口に向かう阿岐本に、日村は言った。

「あの……。あれを持っていかなくていいんでしょうか」

タオルの入った竹籠を指さす。

それにこたえたのは、阿岐本ではなくテツだった。

「ああ……。タオルなら、本館でも借りられます」

「そうなのか？」

「コースにもよりますが、浴衣とタオルを借りられます。お渡ししたプリントアウトに書いてあったはずですが……」

そう言えば、コースの説明にそんなことが書いてあった。今の今まですっかり忘れていた。

阿岐本が苦笑する。

「まったく、誠司は苦労性でいけねえ。そんなことはどうにでもなるんだよ」

阿岐本の言うとおりだ。だが、そういう性分なのだから仕方がない。

本館の玄関に来ると、阿岐本が健一に指示した。

「一番いいコースを頼みな」

これは見栄でもなんでもない。阿岐本なりに気を遣っているのだ。

ヤクザはたいてい、新幹線ならグリーン車、飛行機の国内便ならファーストクラスに乗る。バブルの頃荒稼ぎをしていた連中が多かったということもあるが、一般の客になるべく迷惑をかけないようにとの心遣いでもある。

道後温泉の本館でも、一番いいコースは休憩所が個室になる。広間にいると当然、一般人の眼につくことになるが、個室に収まっていればそれを避けられる。

だが、個室は八つしかないので競争率が高いと、テツがくれた書類に書かれていた。だいじょうぶだろうかと思っていると、健一は難なく申し込んできた。

これも取り越し苦労だ。なんだか、旅行に来てから余計なことばかり考えているような気がする。

狭くて急な階段で三階の個室に案内されると、ほっとしつつ、何やら華やいだ気分になってくる。個室は、畳敷きの和室で、中央に座卓がある。

天気がよく、開け放たれた窓から入る風が心地よい。

「愛媛県ってのはね、一年を通じて晴れの日が多いんだ」

オヤジは何でも知ってるな。感心して日村はこたえる。

「そうなんですか」

「ぶうと云《い》って汽船がとまると、艀《はしけ》が岸を離れて、漕《こ》ぎ寄せて来た。船頭は真っ裸に赤ふんどしをしめている。野蛮な所だ……」

阿岐本の言葉に、日村は思わず聞き返していた。

「は……？　何です？」

「知らねえのかい」

「落語か何かですか？」

阿岐本は声を上げて笑った。

「落語か。そいつはいいや。これはね、『坊っちゃん』だよ。坊っちゃんが、中学校に赴任して、松山にやってくるくだりだ」

日村だって、『坊っちゃん』くらいは知っている。だが、読んだことはない。

「夏目漱石《なつめそうせき》ですか」

「そうだ。ええと……」

阿岐本は、ポケットから文庫本を取り出した。そして、付箋が立っているページを開いて読みはじめた。

「見るところでは大森《おおもり》くらいな漁村だ。人を馬鹿にしていらあ、こんな所に我慢が出来るものかと思ったが仕方がない。威勢よく一番に飛び込んだ……」

「大森くらいの漁村って、どういうことです？」

「こいつはね、明治時代の話だよ。その頃は、大森あたりはたいして大きくない漁村だったんだな。松山はそれくらいのものだと言ってるんだ」

「なんだか、坊っちゃんは松山が気に入らないようですね」

「そういう書き方をしているんだ。だがまあ、夏目漱石は本当に田舎が好きじゃなかったのかもしれねえな」

「はあ……」

「松山について、こんなことも書いてるぞ」

阿岐本は、再び文庫本を読みはじめた。

「県庁も見た。古い前世紀の建築である。兵営も見た。麻布《あざぶ》の聯隊《れんたい》より立派でない。大通りも見た。神楽坂《かぐらざか》を半分に狭くしたぐらいな道幅で町並はあれより落ちる。二十五万石の城下だって高の知れたものだ。こんな所に住んでご城下だなどと威張ってる人間は可哀想なものだと考えながらくると、いつしか山城屋の前に出た。広いようでも狭いものだ……」

「なんだか、さんざんな言われ様ですね」

「まあ、そうだな」

「そう言えば……」

テツが言う。「『坊っちゃんの間』というのがあるそうです」

日村は聞き返した。

「『坊っちゃんの間』だって？」

「はい。夏目漱石も使ったことがある部屋で、今は写真なんかを展示しているということです」

「おう、そいつはいいな」

阿岐本が言った。「ちょっと見学していこう」

一行は、ぞろぞろと廊下を渡り、『坊っちゃんの間』にやってきた。阿岐本が言った。

「なんだい、ただの部屋だねえ」

日村はこたえる。

「そりゃそうでしょう。もともとは我々が使っているのと同じ休憩室なんでしょうから」

「けど、写真はなかなか興味深いね」

そうかなと、日村は思った。どんな有名人であれ、赤の他人の写真を見てありがたいとは思わない。

阿岐本は、一通り写真などの展示物を見て回ると、言った。

「じゃあ、そろそろ温泉に浸かろうかね」

一行はまたぞろぞろと部屋に戻った。

実は、ここにやってきたときから、日村はずっと気にしていたことがあった。

「あのお」

日村が言うと、阿岐本が尋ねる。

「何だ？　訊きたいことでもあるのか？」

「ええ」

部屋に戻ると、茶と浴衣、バスタオルと手ぬぐいが用意されていた。座卓に向かって座ると日村が阿岐本に言った。

「自分が温泉に縁がなかったのには、背中の彫り物も理由の一つなんです」

「ああ……」

阿岐本はうなずいた。「刺青《いれずみ》お断りというところは、けっこう多いね」

「ここもだめなんじゃないですか？」

「おまえは、本当に心配性だね。そいつは確認済みだよ」

「そうなんですか」

「ここは、スミが入っていたってだいじょうぶなんだ。公共の施設なので、どんな人にも利用してもらいたいってことらしい。ありがたいことだ」

「はあ……」

「だから道後温泉を選んだんだ」

「すいません。余計な心配でした」

「まったくだ。いいから、のんびりと湯を楽しみな」

阿岐本はさっさと浴衣に着替えを始める。健一がその洋服を畳んだ。

日村も着替えを始めた。日村の洋服は、稔が受け取り、ハンガーにかける。

阿岐本と日村が浴場に出かけてから、若い衆の四人が着替えるのだ。

まずは大衆的な神の湯からだ。男性用の浴室は二つある。こちらには、シャンプーや石鹼がついていない。

思ったより混んでいない。有名な温泉なので、混雑しているものと思っていたが、拍子抜けするくらいにすいていた。ウィークデイだし、時間帯もあるのかもしれない。

「おう、渋い壁絵じゃねえか」

洗い場で体を洗い、湯に浸かった阿岐本が声を洩らす。

白地に青い焼き物の絵だ。

「あれは鶴ですかね」

「鷺の伝説があるってえから、鷺だろう」

言われてみれば、そのとおりだと思った。

阿岐本が続けて言う。

「砥部焼《とべやき》っていうんだそうだ」

「は……？」

「この陶板だよ。愛媛の伝統工芸らしい」

「はあ……」

そんなことを言われても、日村は、そうですか、と思うだけだ。別段の感慨もない。

頭に手ぬぐいを載せた阿岐本は、ふうと大きく息をつく。

「ああ、いい気持ちだねえ」

「はい」

日村はただそうこたえただけだった。たった一人で、何の気兼ねもなく湯に浸かっているのなら、たぶん阿岐本が言うとおり、いい気分になったに違いない。

だが、今はいろいろと考えることがある。

オヤジから目を離すわけにはいかない。温泉でくつろいでいるだけなのだから、別に何があるとも思えないが、万が一ということもある。

それに、今回はただ遊びに来ているわけではない。檜湯の経営立て直しのための出張だ。何かヒントになるようなものを持って帰らなければならない。

「こういう気分が大切なんだよなあ……」

阿岐本が独り言のように言う。こういうつぶやきにはどうこたえていいかわからない。だから、日村は黙っていた。

阿岐本の言葉が続いた。

「毎日でなくてもいい。週にいっぺん、いや月に一度でいいから、ゆっくり広い風呂に浸かってのんびりといい気分にならなきゃな……」

「そうですね」

そうこたえたものの、日村は実感がない。それを見透かすように、阿岐本が言う。

「きっとおめえは、そんなことを考えたことがないんだろうな」

「いえ、自分だってたまにはのんびりしたいと思います」

「まあ、これまでさんざん苦労をかけたからな……」

「よしてください。そんな言い方をされると、縁が切れるみたいじゃないですか」

「日本が世知辛くなったのは、みんなが銭湯に入らなくなったからじゃねえかな……」

まさか、そんなことはないだろう。

日村はそう思ったが、黙っていた。阿岐本がこういう言い方をするときは、きっと何か考えがあるのだ。

「広い風呂でのびのびとした気分になる。裸の付き合いをする。他人に迷惑をかけないような気配りをする……。銭湯ってのは、大切なもんだった気がする」

「そうかもしれません」

「今の日本人は、のんびりと風呂に入る余裕もないような気がする。毎日シャワーで済ませちまうってのが多いんだろう。お嬢もそんなことを言っていた」

「そのようですね」

実は日村も、どちらかというと湯船に浸かるよりもシャワーで済ませることが多い。

「それじゃめりはりがつかねえよ」

「めりはりですか」

「そう。めりはりがねえから、今の日本人はパワーがねえんだよ。ちゃんと休んでねえから、いざというときの踏ん張りが利かねえ。昔の日本人ってのは、粘りがあったし、パワーもあった」

「はあ……」

「馬車馬みたいに働くってえ言葉があるが、昔の日本人は、まさにそういう感じだったよ。それが日本の経済を支えていたんじゃねえかと、俺は思っている」

「昨今は、働き過ぎだからって、役所が勤務時間を制限するんだそうですね」

「日本はいつからそんな情けねえ国になったのかねえ……。勢いがなくなった国は、いずれ滅びるよ」

「国が滅びるってのは大げさでしょう」

「どうかね。やる気も誇りもなくした国は、滅びたも同然だよ」

そういえば、若い衆は何をしているのだろう。すぐにやってくると思っていたのだが、いっこうに顔を出さない。

神の湯には、浴場がもう一つある。そちらに行っているのだろうか。まあ、彼らが阿岐本を日村に押しつけるのはいつものことだ。

せっかくの旅行だから、羽を伸ばすのも悪くはない。騒ぎさえ起こさなければ、多少のことは大目に見ようと、日村は思った。

東京生まれ東京育ちの阿岐本は、カラスの行水《ぎょうずい》だと思っていた。だが、思いの外《ほか》長湯をしている。

日村はどちらかというと、長湯をしないほうだ。付き合っているとのぼせてしまいそうだ。

「オヤっさん。霊の湯というのもあるそうですね。そっちも行ってみたほうがよくはないですか？」

阿岐本は、日村を見た。

「おめえは、せっかちだね」

オヤジに言われたくない。そう思ったが、もちろん口には出さない。

「そうだな。そっちの様子も見てみねえとな……」

阿岐本は腰を上げた。

やれやれだ。日村も湯から上がった。

浴衣を着て、霊の湯と呼ばれる浴場に移動する。

「ほう……」

阿岐本が声を上げた。「こりゃまた、豪勢だね……」

その言葉のとおり、大衆的な神の湯と違って、こちらは大理石張りのいかにも高級な造りだ。

神の湯と違い霊の湯には、シャンプーや石鹸も備えてある。

「あ、オヤっさん」

湯船のほうから声がした。健一たちだ。健一と稔が湯船に入り、真吉とテツが洗い場で体を洗っている。

こいつら、オヤジを差し置いて、先に高級な霊の湯に入りやがったな。日村はそんなことを思ったが、もちろんどこの風呂に入ろうが彼らの自由だ。

健一が湯船の中で立ち上がった。それを見て、阿岐本が言った。

「湯に入っているときは、そういう気遣いは必要ねえよ。それが裸の付き合いのいいところだ」

日村は健一に言った。

「裸で突っ立ってるんじゃない」

「はい」

健一は慌てた様子で、湯の中に体を沈めた。

霊の湯もそれほど混んではいない。だが、もちろんほかの客がいる。刺青の二人が入って行くと、彼らは見て見ぬ振りをしている。気にしている様子だが、露骨に出て行くような者はいない。

阿岐本は、洗い場で体を洗いはじめた。スキンヘッドなので、シャンプーは必要ない。日村もそれにならってまず体を洗った。

すかさず、真吉がやってきて阿岐本に言った。

「お背中、流させていただきます」

阿岐本がうれしそうに言う。

「おう、たのむ」

今時の若い者は銭湯などの経験がないはずだ。真吉は、どこで背中を流すことなど覚えたのだろう。

もともと、妙に気がきくやつなのだ。よく気がついてまめだから、女にもてる。

真吉が阿岐本の背中を流し終えると、阿岐本はおもむろに湯船に向かった。交代するように健一と稔が湯船から出た。健一が言う。

「じゃあ、自分らは先に上がらせていただきます」

「ああ」

阿岐本がこたえると、四人は浴場を出て行った。

「私らもそろそろ出ようかね」

阿岐本が、さりげなくほかの客に眼をやって言う。広い神の湯と違い、他の客の迷惑になるかもしれないと、気を遣ったのだろう。

長湯が苦手な日村には、ありがたいことだった。

12

三階の個室に戻ると、茶と三色の団子菓子が置いてあった。四人の若い衆は、茶も飲まずに待っていた。

阿岐本と日村が部屋に入ると、すぐに真吉が茶を入れる。

「おう、すまねえな」

阿岐本がそう言って茶をすすり、菓子の串を持つ。

「これは、坊っちゃん団子って言うらしいぜ」

日村はこたえた。

「また、ベタなネーミングですね」

「観光地の菓子なんざ、そんなもんだろう」

吹き抜ける風が心地いい。

坊っちゃん団子を食べ、茶を飲み終えると、旅館に引きあげた。すると、夕食まではやることがない。

たっぷり温泉に浸かったつもりだったが、本館に出かけてから一時間半ほどしか経《た》っていない。

夕食までにはまだ時間がある。ベッドに横たわると、妙にくたびれているのに気づいた。

午前十時に東京の事務所前を出発した。飛行機の中ではただ座っていただけなのに、旅行というのはなぜか疲れるものだ。

長々と温泉に浸かり、疲労感が増したのかもしれない。このまま眠ってしまえば、すっきりと疲れも取れるに違いない。

こういうとき、個室の宿泊は実にありがたい。日村はベッドの上で目を閉じた。そして、一時間ほどぐっすりと眠った。

思ったとおり、目覚めたときには、実に爽快な気分になっていた。

午後六時半に、フロント前に集合して、外に食事に出かけることになっていた。テツは夕食なしで宿を予約していたようだ。

素泊まりで、外で食事をしたほうが安くつくと考えたのだろう。たしかに、外で好きなものを食べたほうが気がきいている。

「松山は鯛《たい》がうまいらしいね」

阿岐本が言うと、テツがこたえた。

「鯛料理が食べられる店を予約してあります」

道後温泉本館からそれほど離れていない場所にある店だった。高級店ではないが、こぎれいな店だ。

思えば、組長以下全員で外食をするなんて、実に久しぶりのことだ。地元では気を遣ってなるべく集団で飲食店には行かないようにしている。

特に素性を隠したわけではないが、店員たちは気にした様子もなかった。

阿岐本が料理を注文した。鯛の刺身は外さなかった。

阿岐本はしきりに「うまい」と言ったが、日村は鯛のありがたみがわからない。白身魚は淡白すぎてもの足りない。舌が上品にできていないのだ。

若い衆も、淡白な白身魚よりも肉なんかのほうがいいに決まっている。それでも、彼らはうれしそうだった。

たしかに日村も楽しい。

だが、こんなに穏やかで楽しいと、逆に不安になってくるのだ。

このままで済むはずがない。世の中、何もかもがこんなにうまくいくはずがない。つい、そう考えてしまう。

食事が終わると、阿岐本が言った。

「さて、せっかくだから一杯やっていくか」

日村は不安を募らせる。

だが、阿岐本が言うとおりせっかくの旅の夜だ。おとなしく旅館に引きあげろとは言えない。

「どんな店がよろしいですか?」

「カラオケなんて、どうだい」

「わかりました」

カラオケボックスなら隔離される。他の客と揉め事が起きる危険もない。

店を出ると、二台のタクシーに分乗して繁華街に向かう。阿岐本は、二番町通りで車を止めた。

日村は尋ねた。

「何か、お心当たりがあるんですか？」

「いいや。こういうのはな、嗅覚だよ」

若い衆が別のタクシーから降りてくると、阿岐本はどんどんと歩きはじめる。たしかにこのあたりは飲食店が並んでいる。

日村は言った。

「あの……。カラオケ屋に行くんですよね？」

阿岐本は、ふと足を止めた。あるスナックの前だった。

「カラオケがありそうだよ」

「ボックスじゃないんですか？」

「こういう店が、味わいがあっていいんだよ」

阿岐本はドアを開けた。

店に足を踏み入れたとたん、まずい、と思った。店に入るとすぐにカウンターがあるが、そこに、見るからに柄の悪そうな若者が二人座っている。

そして、店の奥に、ボックス席が二つあるが、その片方に集団がいる様子だ。カウンターにいる若者は、その集団の仲間だろう。

もしかしたら、見張りかもしれない。だとしたら、奥にいる連中の素性はだいたい想像がつく。

思ったより広い店で、奥の集団が実際にどんな連中なのかよく見えない。

日村は、阿岐本にそっと言った。

「ここはちょっとまずくないですか」

阿岐本は平気な様子だ。

「そうかい」

カウンターの中に中年女性と、若い女性がいる。中年女性がママだろう。彼女が言った。

「いらっしゃい。何名さま？」

阿岐本がこたえる。

「六人だ。カウンターでいいよ」

ママらしい女性が、カウンターの若者たちの一人に言う。

「ヤマちゃん。ちょっと詰めてよ」

ヤマちゃんと呼ばれた若者は、剣呑《けんのん》な視線を飛ばしてきた。若い衆が反応しそうな眼差しだ。

面白くなさそうな様子で、二人が詰めると、カウンターにちょうど六つの空席が並んだ。

阿岐本を、若者たちから最も離れた席に座らせる。その横が日村だ。そして、健一、稔、テツ、真吉の順だ。つまり、真吉がヤマちゃんの隣というわけだ。

全員がウイスキーの水割りを注文した。日村は、ヤマちゃんたち二人と、奥の席が気になっていた。気配でしかわからないのだが、五、六人はいる様子だ。

ヤマちゃんと呼ばれた若者とその相棒も、阿岐本たち一行を気にしている様子だ。同業者にはすぐに素性がばれるものだ。

阿岐本はそんなことはおかまいなしに、ご機嫌だ。

「おい、健一。おまえ、何か歌え」

「いや、自分より真吉のほうが歌は得意です」

「そうなのか。じゃあ、真吉、歌ってみろ」

真吉がママに言う。

「デンモク貸してください」

若いほうの女性が用意しようとすると、ヤマちゃんが言った。

「ちょっと遠慮してくれねえかな」

言葉はひかえめだが、態度はそうではなかった。明らかに威圧している。その様子を見て、日村は確信した。

こいつらはただのチンピラじゃなくて、ちゃんと組にゲソ付けをしている。

真吉が、日村のほうを見た。日村は、小さくかぶりを振った。

揉め事を起こすな、という意味だ。こういう場合は、できるだけ穏便に済ませるようにと、いつも阿岐本に言われている。

だが、その阿岐本が引かない。

「せっかくカラオケがあるんだ。歌わない手はねえでしょう」

その言葉を受け、真吉がデンモクを受け取る。

ヤマちゃんが席を立った。

「言うとおりにしてもらわないと、ちょっと困ったことになりますよ」

阿岐本がこたえる。

「別に、俺は困らねえと思うがね」

ヤマちゃんが、阿岐本に近づこうとする。その前に立ちはだかったのは稔だった。ヤマちゃんは稔を睨みつけて言う。

「こりゃ、何の真似ですかね」

稔は無言で相手を見つめている。

その眼を見て、ヤマちゃんがキレたようだ。

「てめえ、俺たちを誰だと思ってるんだ」

お決まりの文句だ。

健一が言った。

「看板名乗ったら、後に退《ひ》けなくなりますよ」

そのやり取りを聞いて、日村は心の中で溜め息をついていた。

健一と稔がいれば、どんな相手にも負ける気はしない。だが、街中でヤクザが喧嘩をするというのは勝ち負けの問題ではない。警察沙汰になるだろうし、相手の組との間に遺恨を残すことにもなりかねない。

ヤマちゃんと稔は一触即発だ。

ママが言う。

「ちょっと、ヤマちゃん。そういうの、やめてくれる?」

ヤマちゃんは、稔を見据えたまま怒鳴った。

「うるせえ」

声を張ることで、こちらを威嚇しているのだ。

そのとき、奥から誰かがやってきた。

「何だ、騒々しい」

日村と同じくらいの年齢だ。細身で妙に声が嗄《か》れている。淡い色のサングラスをかけており、口髭《くちひげ》を生やしている。短めの髪をきっちりとオールバックに固めている。

ひょろりとしているが、ヤマちゃんたち若者とは貫目が違う。やばいのが出てきたと、日村は思った。

稔では太刀打ちできまい。いや、健一でも無理かもしれない。

ここは自分が出て行かなければおさまらない。日村はそう思い、席を立った。

口髭の男は、日村を見て一瞬言葉を呑んだ。日村も貫目では負けていない自信がある。

口髭の男がヤマちゃんに言った。

「いったい何事だ？」

「カシラ、こいつらがカラオケをやるというので、ご遠慮願いたいと言っていたところです」

カシラというからには、若頭《わかがしら》だろう。関西系の言い方だ。関東で言う代貸とほぼ同等だ。

カシラと呼ばれた男は、日村を見ると言った。

「ちょっと込み入った話をしているんだ。静かにしてくれねえかな」

日村がどうしたものかと考えていると、阿岐本が言った。

「込み入った話があるなら、こんなところじゃなくて、静かな場所に移ればいいんじゃないか」

阿岐本は、カウンターのほうに向かったままだ。

カシラは、その背中を見つめるような形で言った。

「どこの誰か知らないが、この店で勝手なことは許さねえよ」

ママは、そっぽを向いているし、女性従業員は小さくなっている。おそらく、カシラやヤマちゃんは、このあたりを縄張りとする組の連中なのだろう。

阿岐本が同じ姿勢のまま言った。

「カラオケを置いてあるスナックで、歌を歌おうってんだ。いったい、何が悪い？」

相手が素人なら、阿岐本は決してこんなことは言わない。一目で彼らの素性を見て取ったのだ。

カシラが阿岐本に近づかないように、日村が彼の前に立ちはだかっている。

「てめえら、どこのモンだ？」

こうなれば、向こうも退けない。売り言葉に買い言葉。やがて殴り合いになる。

日村は腹をくくった。オヤジが買う喧嘩なら、やらなければならない。

健一もすでに立ち上がって、日村の脇に立っている。

ママが言う。

「やるなら外でやってよ」

チンピラの喧嘩とは訳が違う。相手はおそらく西の大組織の枝に違いない。へたをすれば、西を敵に回すことになる。

オヤジはそこまで考えているのだろうか。

阿岐本がカシラに言う。

「あんたじゃ話にならないから、もっと上の者を呼んで来なよ」

これは火に油を注ぐ一言ではないか。カシラはおさまらないだろう。

「どうやら、死にてえらしいな……」

カシラの全身から静電気の火花が散るような感じがした。殺気だ。

こいつとやったら本当に命のやり取りになる。日村はそれを感じ取った。

「石亀《いしがめ》、何をごちゃごちゃ言ってるんだ」

奥の席から、さらに別の者がやってきた。こちらはおそらく五十代だ。ロマンスグレーで、ピンストライプのスーツをきっちりと着こなしている。やはり口髭だ。

石亀というのがカシラの名前らしい。

貫目からして、新たにやってきたこの男は石亀たちの親分だろう。

大物が出てきやがったか……。

日村は背筋が寒くなるのを感じた。親分らしい男は、それくらいに迫力があった。石亀もそれなりの器量だが、貫目が桁違いだ。

これは本当にやばい。

石亀が言った。

「こいつら、歌を遠慮してほしいというこちらの要望を無視しようとしやがって……」

「ほう……」

親分らしい男が、こちらに眼をやる。それだけで、萎縮してしまいそうだ。日村はなんとか圧力に屈しないように、腹に力を入れた。

そのとき、阿岐本がゆっくりと振り向いた。

親分らしい男が、阿岐本を見据える。すさまじい眼力だ。

ふと、その眼差しの力が失せた。親分らしい男は、ぽかんとした顔になる。

「あれ、阿岐本のアニキですか……」

え……。

日村は驚いて阿岐本の顔を見た。

オヤジの顔に笑みが広がる。

「シゲ、久しぶりだな」

「おお、本当に阿岐本のアニキだ」

親分は、両腕を広げた。

石亀とヤマちゃんたち若者が、ぽかんとした顔のまま場所を空ける。シゲと呼ばれた親分が両腕を広げたまま進んだ。

阿岐本が立ち上がり、それを抱き留める。二人はひっしとハグしあっていた。

また、これか……。

日村は脱力感を覚えた。

阿岐本はやたらと顔が広い。若い頃から人たらしで、日本全国の侠客から乞われて数え切れないほどの兄弟の盃を交わしたらしい。

その兄弟分の中には、出世して大親分になっている人たちもいる。

つまり、日本全国の親分の中に兄弟分がいるというわけだ。弱小の阿岐本組が大組織の傘下にも入らず、今日まで存続できているのも、ひとえにこの阿岐本の人脈のお陰と言っていい。

立ち尽くしている日村に、阿岐本が言った。

「こちらは、丸山繁《まるやましげる》と言ってね。俺とは兄弟分の仲だ」

「こちらが奥にいらっしゃるのをご存じだったんで……？」

「店に入ったとたん、ちらりとこいつの姿が見えてな……」

そうならそうと、最初に言ってくれればいいものを……。

すっかり肝を冷やしてしまった。ヤクザなのだから、喧嘩に後ろは見せない。だが、ややこしい喧嘩は真っ平だ。

丸山の親分も、石亀たちに説明している。

「こちらは、東京の阿岐本組の親分さんで、俺の兄貴分だ」

石亀は、打って変わって丁寧な態度になって言った。

「そうとは知らず、たいへん失礼なことをしました」

それから、いきなり隣にいたヤマちゃんの頭を殴りつけた。ごんという大きな音が響いた。

「このやろう。お詫《わ》びしろ」

ヤマちゃんは殴られたことよりも、相手が親分の兄貴分ということに、すっかりびびってしまっている様子だ。

「すいません」

彼は、床につきそうなくらいに深々と頭を下げた。

「こっちへ来て、いっしょに飲もう」

丸山が阿岐本を奥の席に引っぱって行く。阿岐本が日村にうなずきかけた。

「おまえらはここにいろ」

日村は健一にそう言ってから、阿岐本についていった。

奥の席にいたのは、丸山と石亀を含めて五人だった。椅子は六つしかないので、日村は立っていることにした。

すると、石亀が言った。

「オヤジの客人を立たせるわけにはいきません。どうぞ、お座りください」

そして、幹部らしい男に席を空けさせた。ここで押し問答もナンなので、日村はおとなしく座ることにした。

水割りで乾杯を済ませると、丸山が言った。

「いやあ、こっちに来るって、ひとこと言ってくれれば、歓迎の席を設けたものを……」

阿岐本がこたえる。

「そいつは無用だ。遊びで来ているわけじゃねえんだ」

「へえ……。まさか、こっちに進出するとか、そういう話じゃないよな」

「そんな剣呑な話じゃない。ちょっとシノギに関係したことでね……。まあ、言ってみれば出張みたいなもんだ」

「そうなんだ」

「ところで、何か込み入った話をしていたんじゃねえのかい。それで、歌うなって言ったんだろう」

丸山が顔をしかめた。

「すまねえな……」

「何か、難しい話かい」

「いや、アニキが心配するようなこっちゃねえんだ」

「よかったら、話してみろよ」

まったく懲りないなあ、と日村は思った。

何も、旅先で面倒事に首を突っこもうとしなくても……。

だがまあ、これが阿岐本雄蔵という男なのだ。

丸山は、腕組みしてしばらく考えていたが、やがて言った。

「実はな……」

阿岐本がじっと丸山を見つめていた。

13

「地上げの話がこじれちまってな……」

丸山の言葉に、阿岐本が聞き返す。

「地上げ……？」

「そうなんだ。最近じゃ珍しく、ちょっとでかい話でね。うちとしても、力を入れていたわけだ」

「具体的には、どんな話なんだ？」

「再開発だ。商業地にビルを建てる。これはさ、まあ、地元住民の願いでもあるわけだ。老朽化した古い建物が、狭い路地を挟んで並んでいるような場所だ。火事が起きたらひとたまりもねえ。商店の客も高齢化してどんどん減っている。だが、新規の客なんて望めねえ。だから、こぎれいなビルを建てて、そこに店子《たなこ》として地元の商店が入るって話だったんだ」

「悪い話じゃなさそうだ」

丸山がうなずく。

「そうなんだ。土建屋や建設業者も喜ぶ。地元の住民も喜ぶ。だが、再開発にはいろいろと面倒なことが絡んでくる。まず、役所だ。商業地がどうの、住宅地がどうのと、いろいろ規制をかけてくる。役所なんざ、難癖つけることしか考えてねえからな。やつら、俺たちよりタチが悪い。なんせ、法律が錦《にしき》の御旗《みはた》だからな」

「どこが主導している話なんだ？　再開発となれば、当然行政も関わってくるはずだ」

「地元の建設業者が音頭を取っている。俺はそこと、ちょっとばかり付き合いがあってな……。その業者は、公共事業なんかを落札することが多くて、市役所や県庁ともつながりがある」

「公共事業か……。談合だな」

丸山が小さく肩をすくめた。

「世の中きれい事じゃ済まねえよ。力のあるやつが物事をどんどん押し進めねえと、社会なんて動きゃしねえ」

「まあ、そういう一面もあるだろうねえ」

おそらく、阿岐本は違う意見を持っているはずだ、と日村は思った。だが、ここは丸山の話をおとなしく聞くことにしたようだ。

「その建設業者は、地元にとってもありがたい会社なんだ。仕事を取ってくりゃあ、雇用も増える。地元に金も落ちる」

「そうだろうね」

「社長とは昔からの付き合いだ。お互いにいろいろと助け合ってやってきた」

一言に談合と言っても、決して単純ではない。公共事業を落札するためには、根回しだの交渉だの、えらい手間がかかる。

しかも、常にぎりぎりの交渉だ。そういうときに裏で活躍するのが丸山たち、というわけだ。

だから、その建設業者が主導する再開発で、丸山たちが地上げを担当するのは、言わば当然のことかもしれない、と日村は思った。

世の中、そういうふうにできているのだ。何事にも駆け引きが必要なのだ。金も必要だが、金だけでは大きな物事は決して動かない。

阿岐本が言った。

「そんな会社なら、市役所とか県庁とかの行政とは太いチャンネルがあるんだろう」

「ある」

「えらい深刻な顔で何やら相談していたようだが、何がそんなに問題なんだ？　断固として居座っている住民でもいるのか？」

「そういうんじゃねえんだ。そんなのは、どうにでもできる。こっちだってそれなりの実績ってもんがある」

ヤクザとしての影響力がある、ということだ。

「住民とのトラブルじゃねえんだな？」

「違う」

「じゃあ、何なんだ？」

「政治家と建設会社が手を組んで、俺たちをこの話から追い出そうとしているんだ」

「追い出そうとしている？　だが、地上げを任されたんだろう」

「あらかた話がまとまったところで、俺たちを切り捨てようとしやがった。このまま追い出されたんじゃ、ただ働きだ。いや、それどころか、いろいろと必要経費がかかっているから、大赤字だよ」

「おまえら外す、と言われて、はいそうですか、というおまえでもあるまいに……」

　丸山はしぶい顔になった。

「暴対法と排除条例だよ」

　阿岐本は溜め息をついた。

「なるほどねえ……」

「こっちは、ビジネスとして地上げを請け負ったんだ。やったことの対価はいただかないと……」

　阿岐本は思案顔になった。

「しかしなあ……。政治家と建設会社が手を組んだと言ったか？　こういう言い方をしちゃナンだが、そいつらだって、おまえたちの恐ろしさはよく知っているはずだ」

「そう」

　丸山は真剣な表情でうなずく。「ヤクザは怖がられてナンボだ。一のことを十くらいに見せて相手をびびらせる。指を落とすなんて、堅気の連中は決してやらない。だからやって見せるんだ。若い衆をボコボコにするんだって、素人たちの眼があるからやるんだ」

「だったら、おまえたちを追い出そうなんてしないのが普通だと思うがな……」

「だから、暴対法と排除条例なんだよ。政治家と建設会社だけなら、俺たちだってなんとか対処できる。そういう連中との付き合い方はよく心得ているからな」

「甘い汁を吸わせて、要所要所でしっかりと締《し》める……」

「そういうことだ。だが、警察《ヒネ》が出てきたらそうはいかねえ」

「警察……」

「そうだ。暴対法と排除条例を楯に、マル暴が出てきやがった。俺たちは徹底的に締め上げられて、次々とシノギをつぶされた。再開発から手を引かなければ、組をつぶしてやるというメッセージだ。おかげで、クラブにも行けず、残ったのはこんなしけたスナックだけだ」

ならば、自宅や事務所でおとなしくしていればいいと思うだろう。だが、そうはいかないのがヤクザだ。

男を磨くためには夜の街の修行も必要なのだ。いや、それは方便で、実は遊びたくてたまらないのだ。飲む打つ買うを取り上げられたら、ヤクザをやっている意味がない。

「なるほどなあ……」

阿岐本は、腕を組んだ。「マル暴かあ。そいつは面倒だな」

「そうなんだ」

「政治家ってのは、何者だ？」

「県議会議員だ。地方によくいるタイプで、県議会の顔役なんだ。だから、役所にも影響力がある。県警にもコネがあるってわけだ」

「議会の顔役ってことは、多数派の政党なわけだな？」

「そう」

丸山は、政府与党の政党名を言った。最近スキャンダルが続いている政党だった。

「なら、今は逆風だ」

「そいつはわかってるが……」

「どんな小さなことでも、利用するのがヤクザだ。小さな火種を大火事にするんだ」

「そいつは、どういうことだ？　アニキ」

「逆風のときってのは、イケイケのときには押さえ込めていたトラブルが次々と表面化するもんだ。そいつをネタにするんだ」

「議員の弱みを握るってことだな？　もちろんそれも考えた」

「腰を据えてやってみな。今、おまえも地に足がついていない。だから、いつもならできることもできなくなっちまってるんだ。弱みを握るのはヤクザの常套《じょうとう》手段じゃねえか。そして今、その議員の政党には逆風が吹いているんだ」

「なるほど……」

「陣営の一人が落とせれば、あとは総崩れだよ。おまえのねちっこさを思い知らせてやればいい」

阿岐本の話を聞いているうちに、丸山の表情が明るくなっていった。それは、丸山のそばにいる若頭の石亀も同様だった。

親分と幹部の機嫌がよくなれば、他の組員の気分も軽くなる。

スナックの中に満ちていた緊張感が、徐々に薄らいでいく。いつしか店内はなごやかな雰囲気になっていた。

阿岐本効果だ、と日村は思った。オヤジといるだけで、人はなぜか前向きな気持ちになれる。

丸山が言った。

「おい、ヤマ。何か歌え」

ヤマちゃんは、目を丸くする。

「え、自分ですか」

「俺はな、若い頃は渋い喉《のど》で、女をうっとりさせたもんだ」

「はあ……」

ヤマちゃんが困った顔をしている。おそらく歌などには縁がないのだろう。

阿岐本が言った。

「おい、俺たちが歌おうとしていたのを、おまえたちが止めたんだぞ。こっちが先だろう」

丸山が慌てる。

「あ、そうだったな。済まねえ」

阿岐本が言う。

「真吉が歌う予定だったな」

カウンターのほうで、真吉が返事をする。

「はい」

しばらくして、カラオケが流れはじめた。思いっきり今風の曲だ。気がきかないやつだと、日村は思った。

若者同士でカラオケボックスに来たわけではない。阿岐本が知ってそうな曲を入れるのが気配りというものだろう。

真吉がノリノリで歌いだした。なるほど、健一が推薦するだけあって、なかなかのものだ。阿岐本が、いっしょに口ずさんでいるので、日村は心底びっくりした。若いやつらしか知らないような曲だ。

まったく阿岐本には恐れ入る。

阿岐本組と丸山の組、双方入り乱れて歌い、飲み、気がついたら午前一時だった。

「もう一軒行こう」という丸山をなんとかなだめすかして、宿に引きあげたのは一時半だ。これでも早く帰れたほうだ。へたをすれば、朝まで付き合わされるところだ。

部屋まで送ると、阿岐本が言った。

「ちょっと、飲み直さねえか？　おめえは、気を遣ってほとんど飲んでねえだろう」

「いえ、そんなことは……」

「いいから、ちょっとだけ付き合え」

「はい」

阿岐本は冷蔵庫から缶ビールを二つ取り出し、一つを日村に渡した。

「いただきます」

阿岐本はベッドに腰かけ、日村は椅子に腰を下ろす。

阿岐本はうまそうにビールを飲んだ。どんなに飲んでも、決して乱れない。日村も、酒はそこそこ自信があるが、阿岐本にはとうていかなわない。

日村は言った。

「あの……。一つうかがっていいですか」

「何でも好きに訊きなよ。おめえはいつも、気を遣いすぎなんだよ。まあ、それがおめえのいいところなんだがな……。何でえ、訊きてえことってのは？」

「丸山さんがあの店にいることを、あらかじめご存じだったのですか？」

「どうでもいいだろう、そんなことは……」

「オヤジは、入り口を入ったところで、ちらりと丸山さんの姿が見えたとおっしゃいました。でも、入り口からは奥の席は見えなかったと思います」

「松山に来るからには、丸山にも会っておきてえと思った。直接電話するのも芸がねえ。周辺に話を聞いて、どこに行けば会えるか、調べておいたのさ。サプライズってわけだ」

「はあ……。サプライズですか……」

「事前に本人に連絡したりすると、宴会だ、二次会だ、三次会だって、ちょっとした騒ぎになる。近隣の兄弟たちも呼び寄せかねねえ」

たしかに、兄貴分がはるばる東京からやってくるとなると、面子《メンツ》をかけて接待しようとするだろう。

「やっぱり……」

「石亀っていう、カシラとおめえが睨み合ったときは、笑いをこらえるのに必死だったぜ」

「そういうの、ホント勘弁してください」

阿岐本は、ビールを一口飲んで間を取った。

「丸山のやつも、いろいろとたいへんそうだな」

「なんとかなるといいのですが……」

「あいつならなんとかするだろうよ。それよりな……」

阿岐本はまるで誰かが近くで聞き耳を立てているかのように、声を落とした。

「はい……」

「丸山のやつの話がヒントになった気がする」

「ヒント……？　何のヒントです？」

「蛭田だよ」

「は……？　どういうことです？」

「やつは、どうしてあんなにしつこいんだろうって話、しただろう？」

「はい」

「何の得にもならねえのに、どうして永神や小松崎を執拗《しつよう》につけ回すのか……」

「仕事熱心なのかもしれません」

「そんなタマに見えたか？」

「人は見かけじゃわかりませんよ」

「ばか言うな。人を見ねえでヤクザがつとまるか。あいつは欲で動くタイプだよ」

たしかにそうかもしれない。

阿岐本の人を見る眼は確かだ。そうでなければ、今頃生きていないかもしれない。そういう世界で生きてきたのだ。

「それで、何がどうヒントになったんですか？」

「丸山を再開発の話から追いだそうとしたのは、県議会議員と建設会社社長だと言っていたな」

「はい」

「そして、マル暴が出てきた。暴対法と排除条例の錦の御旗をおっ立ててな……」

「蛭田も、ここのマル暴と同じだってことですか？」

「似たような構造があるに違いない。つまり、利権の構造だ」

「檜湯が地上げにあっている、なんて話、誰もしていませんでしたが……」

「地上げかどうかはわからねえ。だが、利権が絡む何かがあるに違いねえ」

「おっしゃるとおりかもしれません。それならば、蛭田の行動の説明がつきます」

「問題は、檜湯を巡って、どんな利権があるかってことだな……」

「普通に考えれば、やはり地上げでしょうか。あのあたりにはまだ古い住宅が残っています。赤坂にこんな町があったのかと思うくらいの、昔ながらの住宅街だ。古い一戸建ての住宅をきれいに片づけて、大きなマンションでも建てれば、それなりに儲かるかもしれません」

「マンションね……。都内は住宅が余っているって言うぜ」

「それも場所によると思います。赤坂のマンションなら、たちまち買い手がつくでしょう」

阿岐本はしばらく考えていた。

「ちょっと、永神や小松崎に訊いてみな。やつらなら、何か知っているかもしれない」

「はい」

「とにかく、俺たちは檜湯を繁盛させなけりゃならねえ。それを妨害するようなやつがいたら、排除しなけりゃな」

「きっちり調べておきます」

「そうしてくれ」

阿岐本は、ビールを飲み干した。日村は尋ねた。

「ウイスキーの水割りでも作りましょうか?」

「いや、缶チューハイがあったな。それでいい」

冷蔵庫から出して手渡した。それを一口飲み、阿岐本は話題を変えた。

「道後温泉はどうだった?」

「実に快適ですね。温泉でのんびりするなんて、生まれて初めてのことです」

「あまり、のんびりしているようには見えねえがな……」

「いえ、充分に寛《くつろ》がせていただいています」

「何か、見つかったか？」

「何か、と言いますと……？」

「おめえ、何しに来てるんだよ。檜湯に客を呼ぶ方策を見つけなけりゃならねえんだよ。そのヒントみてえなものは、何か見つかったかって訊いてるんだ」

「あ、いえ。今のところはまだ思いつきません」

「そりゃあ、楽しみ方が足りねえな」

「楽しみ方ですか？」

「そうだ。本気で楽しんでりゃ、それを檜湯にも取り入れようって気になるはずだ」

なるほど……。

「オヤジは何か見つけられたのですか？」

阿岐本はかぶりを振った。

「いや、まだ見つかってねえよ」

なんだ。自分だって見つかっていないんじゃないか。日村はそう思った。阿岐本は、その思いを感じ取ったようだ。

「明日もまた、温泉に行ってこようと思う。今日は様子見だ。明日は一日時間がある。ゆっくり考えようぜ」

「はい……」

そうこたえてから、日村はふと不安になって尋ねた。「何かヒントが見つかるでしょうか？」

「見つけなきゃならねえよ。ヤクザに無駄足・無駄手は禁物だよ。来たからには結果を出さないとな……」

たしかにそのとおりだ。これはシノギの一部なのだ。ただのんびりしているわけにはいかない。

阿岐本はさらに言った。

「なんだ、難しい顔をして。それじゃだめなんだよ。いいかい。心ゆくまで温泉を楽しむんだ。そうすれば、おのずとこたえは見つかる」

「そうでしょうか」

「俺の言うことを信じろ」

「はい」

その日は、三時前にベッドに入ることができた。若い衆は、まだどこかで飲んでいるのだろうか。あいつらが楽しそうで、本当によかった。

そんなことを思っているうちに、眠っていた。

14

何時に寝ようが、六時には目が覚める。ゲソ付けしたときに厳しく躾《しつ》けられた名残《なごり》だ。

寝不足だの酒が残っているだのといった、腑《ふ》抜《ぬ》けたことは言っていられない。目覚めたときから気合いが入っていなければならない。

本物のヤクザは気合いが違う。だから、たいていの素人は言いなりになってしまうのだ。

日村は洗面を済ませて、いつオヤジから呼び出しがあってもいいように、部屋で待機していた。

だが、いつまで経っても呼び出しはない。せっかく顔を洗ったというのに、また眠くなってきた。

気合いだ何だと言っても、さすがに三時間睡眠はきつい。

携帯電話が振動したのは、午前八時頃のことだった。相手は健一だった。

「日村だ」

「起きてらっしゃいましたか？」

「ああ。起きている」

「朝食はどうしましょう」

「オヤジ次第だな」

「召し上がるとおっしゃっていますが……」

「オヤジと話をしたのか？」

「電話がありました」

俺にではなく、どうして健一に……。

日村は訝《いぶか》しく思った。

「じゃあ、朝食が食えるところを探さなきゃならないな」

「オヤっさんは、宿のレストランでいいと言っています。和食屋で定食が食える、と……」

「じゃあ、そこでいい」

「では、八時半に人数分の予約をしておきます」

日村は、なんだか釈然としない気分のまま、部屋を出て一階の和食屋に向かった。

レジのところに、健一の姿を見つけた。

声をかけると、健一は会釈をしてから言った。

「予約ができました」

「じゃあ、オヤジに知らせよう」

「あ、もう知らせてあります」

日村は眉をひそめた。阿岐本と連絡を取るのは日村の役目なのだ。いったい、どういうことだろう……。

やがて、予約の時刻になり、阿岐本が下りてきた。そのときにはすでに若い衆も全員ロビーに集合していた。

若い衆はなんだか食欲がなさそうだ。昨夜、そうとう飲んだようだ。日村もそれほど食欲がなかったが、鮭の切り身や味噌汁の定食はうまかった。たった三切れほどだが、やはり鯛の刺身がついていた。

阿岐本の食欲は旺盛だ。

食事をしながら、阿岐本が日村に言った。

「今日は健一に面倒を見てもらうからな」

日村は箸を止めた。

「は……？　どういうことですか？」

「どういうって……。言ったとおりだよ」

「それは、どうしてですか……」

「おめえは、温泉にやってきても、ちっとも気が安まってねえ様子だ。だから、一日暇をやろうってわけだ」

日村はうろたえた。暇をやろうと言われても、それを素直に喜べる性格ではない。

「何か、自分に落ち度がありましたか？」

阿岐本は笑った。

「そうじゃねえよ。おめえはいつも気を遣ってくれる。だから、こういう機会に、心底のんびりしてもらいてえんだ。あとのことは、健一に任せればいい」

そう言われても、なかなか「はい、そうですか」とは言えない。

「暇をやると言われても、のんびりできない質《たち》でして……」

「わかってるよ。だからさ、ちょっと気分を変えてみろって言ってるんだ。おめえには、それが必要だし、今の日本人にもそいつが必要なんだよ」

「日本人に……？」

いつも阿岐本の話は大きくなる。

「そうだ。檜湯の話ってのはな、俺は単に一つの銭湯だけの話じゃないと思ってる。そいつはさ、この先日本がどういう国になっていくかって話だ」

さらに話はでかくなっていく。黙って聞くしかないと、日村は思っていた。

「このまま、やる気がなくなり、元気がなくなって、二流、三流の国と言われ、やがて滅んでいくのを待つか、あるいは、ここから徐々に盛り返して、活力のある国になるか……。今が分かれ目だと思うんだよ」

「はあ……」

「めりはりがねえんだって話はしたよな」

「覚えています」

「休むときに思いっきり休まねえから、いざというときの踏ん張りが利かねえんだ。日本人はめりはりを忘れちまったんだ」

「大型連休とか、ハッピーマンデーとか、昔よりは休んでいるように思いますがね」

「お役所が考えるようなことはだめだ。カレンダーの上にいくら休みを並べたって、人は本当の休みは取れねえよ。家族連れで遊びに行って、くたくたに疲れて帰ってくるのがオチだ」

「まあ、そうですね。ゴールデンウィークとかお盆の時期の帰省ラッシュなんかを見ると、それだけでうんざりします。自分に家族がいなくてよかったと思いますよ」

「日本人ってのは哀れだよ。仕事でくたくたになって、休みになったら今度は家族サービスでくたくたになるんだ。イケイケのときはいいよ。頑張れば結果が出た。けどな、ちょっと景気が悪くなると、徒労感が募って、一気に活力がなくなっちまう」

「おっしゃるとおりだと思います」

　そう言いながら日村は、話がどこに行くのか不安になっていた。

「日本人はね、昔から長い休暇を取るのは苦手なんだよ」

「あまり休んでいなかったと……」

　日村は、阿岐本の話に引き込まれていた。いつものことだった。話の結末は見えない。だが、つい興味を引かれてしまうのだ。

「いや、休んでいた」

「お話が矛盾《むじゅん》しているように聞こえますが……」

「昔の人はね、休み方がうまかったんだと思うよ。いっぺんに長い休みは取らない。だけど、一日の中でめりはりをつけるわけだ。それに銭湯が一役買っていたと、俺は思っている」

そうだろうか。少々、こじつけの気もする。

日村が黙っていると、阿岐本は話を続けた。

「仕事を終えて、ひとっ風呂浴びる。あとはビールを飲んでナイターをテレビで見る。それが、昭和のオッサンたちの日常だ。いいかい？　銭湯ってのはね、一日を締めくくる重要な儀式だったんだ」

「儀式ですか」

「そうだ。儀式がねえから、めりはりもねえ。だから、だらだら働いてだらだら休む。働いてるんだか、休んでいるんだかわからない状態で暮らしている。それじゃあ、でっかい仕事はできねえよ」

阿岐本が言っていることは極論だろう。あるいは、ある特定の場面を見て、それをすべてだと考えているようにも思える。

にもかかわらず、説得力があると、日村は思った。

阿岐本の自信に満ちた語り口のせいもあるだろう。だが、それだけではない。

言っていることすべてが正しいわけではない。思い込みも含まれているだろう。だが、その中にいくらかの真実が含まれているという気がするのだ。

人々が活力をなくしているのは確かだ。そして、生き方にめりはりがないというのが、その理由の一つであるのかもしれない。日村はそう思った。

阿岐本の言葉が続いた。

「……とまあ、話が長くなっちまったが、そういうわけで、おめえにはのんびりしてもらう。一日時間をやるから、どうしたらのんびりできるのか考えろ。それが、おそらく、檜湯に客を呼ぶヒントになる」

「どうしたらのんびりできるか、ですか」

「そうだよ。一人放って置いたって、おめえはどうせ何かをくよくよ考えるんだろう。健一がうまくやっているかとか、自分がいなくて、俺はだいじょうぶか、とか……」

「いや、そんなことは……」

そうかもしれない。反論を試みようとしながら、日村はそんなことを思っていた。

「だからな、今日一日のんびりするってのが、おまえの課題だ。やってみりゃ、何か見えてくるはずだ」

「今日は、自分は単独行動をしろということですか？」

「そうだ。俺たちは俺たちで行動する。おめえは、一人で何をするか考えるんだ。何をしてもいいよ。部屋に閉じこもっていたっていい。何も温泉に来たからって、無理に湯に入《へえ》ることあねえんだ」

「はあ……」

「わかったな。じゃあ、解散だ」

そして、日村は一人で放り出された。

阿岐本たち一行は、外に出かけて行った。阿岐本と行動を共にすることが当たり前だった日村は、なんだか複雑な気分だった。

自分が彼らにとってそれほど必要でなくなったような気分になったし、一人のけ者にされたような気持ちにもなった。

その一方で、間違いなく解放感はあった。一日何もしなくていいと言われたのは、いつ以来のことだろう。ほとんど記憶がなかった。

阿岐本たちを見送った後、日村はしばしロビーに立ち尽くしていた。

何をしていいのかわからない。とにかく部屋に戻るしかないと思った。

ドアを閉めて、ベッドに腰を下ろすと、体の力が抜けていった。とたんに、ぐったりとした気分になった。

昨夜は三時まで起きていて、今朝起きたのは六時だ。疲れていないはずがない。

何をしてもいいんだよな。

日村は、自分自身にそう確認した。そして、もう一眠りすることにした。朝食の後、蒲団《ふとん》にもぐり込んで、誰にも文句を言われないなんて、ちょっと考えられない。

たちまち眠りに落ちて、夢も見ずにぐっすりと眠った。

目を覚ましたとき、自分がどこにいるかわからなかった。自分の部屋にしては妙だと思った。

頭がはっきりしてくるにつれて、自分が松山の旅館に泊まっていることを思い出した。

時計を見たら、午前十時半だ。阿岐本たちと別れたのが九時頃だから、一時間半ほど眠ったことになる。

おかげで、かなり頭がすっきりしていた。

オヤジは、どうしたらのんびりできるか考えろと言った。

どうしてそんなことを言われたのかわからなかった。のんびりすることなど、簡単だと思った。

実際にこうして、一時間半も昼寝、いや朝寝をしている。こうなれば、小原庄助《おはらしょうすけ》ではないが、朝寝、朝酒、朝湯と決めようか。

部屋の冷蔵庫の中にはビールなどの酒が入っているはずだ。だが、三時まで飲んでいたのだから、実際には飲もうという気にはなれなかった。

ぼんやりとベッドに腰かけているうちに、未明の阿岐本の話を思い出した。蛭田の背後に、何か利権に関わる動きがあるかもしれないから、永神か小松崎に訊いておけと言われていたのだ。

永神に電話をかけておこうか。携帯電話を探している自分に気づいて、日村ははっとした。

自分はちっとものんびりしていないじゃないか。

今日一日は、面倒なことは考えずに寛いでいようと思っていた。だが、実際にはシノギのことを考えている。

これではオヤジが言ったとおりだ。のんびりすることなんて簡単だと思っていたが、実際にはそうでもなさそうだ。

特に自分のような苦労性の人間には、もしかしたらそれほど簡単なことではないのかもしれない。日村は、そんなことを考えはじめた。

やはりオヤジは、何もかもお見通しなのだ。どうしたらのんびりできるか、を真剣に考えなければならないようだ。

時計を見ると、十一時になろうとしている。ぼんやりしているうちに、三十分も過ぎてしまった。

この調子だと、すぐに昼になってしまう。昼飯はどうすればいいだろう。俺は腹が減っているのだろうか。

それすらも、わからなくなった。いつも自分の都合ではなく、阿岐本が何を求めているかを考えて行動している。昼時になると、阿岐本が食べたがるようなものを用意しようと考える。

外にいるときは店を選び、事務所にいるときは店屋物を考える。もっとも、阿岐本はエレベーターで自宅に戻り、そこで食事をすることが多い。

そんなときは、自分の食事を健一に任せる。若い衆がコンビニに弁当を買いに行ったりするのだが、健一が選んだものを何も言わずに食べる。

実際に、それで何の不満も感じないのだ。どうやら、自分はそういうふうにできているらしいと、日村は思う。

そのとき、日村は気づいた。

俺は、昼飯すら、義務だと感じているのではないだろうか。いつもは、自分のための昼食ではなく、阿岐本の昼食のことを考えているからだ。

昼食は義務ではない。食べたくなければ、食べなければいいのだ。腹が減ったら、何か好きなものを食べればいい。ただそれだけのことなのだ。

物事を単純に考えるのは、なかなか難しい。そのためには、いくらかの割り切りが必要なのだ。人間はつい、いろいろと余計なことを考えてしまう。

そうだ。昼飯なんて、食っても食わなくてもいいんだ。十二時に食う必要もない。つい時間に縛られそうになるが、今日一日は、あらゆる予定から自由なのだ。

少し気が楽になった。

さて、この自由な時間をどうしよう。坊っちゃんのように、市内見物でもしようか。せっかく松山に来たのだから、松山城を見ない手はない。

そこまで考えて、日村はかぶりを振った。

俺は、本当に松山城を見たいのだろうか。あらためて自問してみると、こたえはノーだった。城なんかに興味はない。

もし、阿岐本が見たいと言ったら、迷いもなく見物に出かけるだろう。だが、日村自身はわざわざ出かけて行って城を見たいとは思わなかった。

松山まで行って、城も見なかったと言ったら、笑う人やあきれる人がいるかもしれない。

そう思って、たいして見たくもないのに足を運ぶ人も多いのではないか。

日村もそう思ってしまうタイプだ。だから、いつもなら出かけていたかもしれない。そして、ただ疲れて帰ってくるのだ。それでは、休日に家族サービスをして疲れ果てるサラリーマンと同じではないか。

城に興味があるなら、おおいに行けばいい。だが、興味がないのだから、行く必要はない。

そう考えて、また少し気が楽になった。

では、何をしようか。

朝寝はした。朝酒は気が進まないので、残るは朝湯だ。

午前中から風呂に入るのも悪くない。別にそれほど風呂好きというわけではないが、一人で行ってみたいという気になっていた。昨日は阿岐本がいっしょだった。一人だと気分も変わるだろう。

一番安い「神の湯・階下」にしてみた。料金は四百二十円だ。東京都の銭湯の料金は大人が四百七十円だから、それよりも安い。

昨日も入った「神の湯」だが、ずいぶんと印象が違う気がした。昨日は、三階の休憩室から階段を下りて浴場にやってきたが、今日は銭湯のように外から直接だ。

そして、今日は昨日よりも少々混み合っていた。昨日は水曜日で今日は木曜日。曜日のせいとは思えない。時間帯のせいだろうか。

午前中から温泉とは、贅沢だな。自分のことは棚に上げて、日村はそんなことを思っていた。

長湯は好きではないので、さっさと上がるつもりだった。石鹸で丁寧に体を洗う必要もないと思った。

マナーとして、入浴前に体を流した。湯船に入ると、思わず声が洩れる。阿岐本が入浴したときのようだと、日村は思った。

手ぬぐいを畳んで頭の上に載せる。絵に描いたような温泉入浴スタイルだ。目を細めて壁絵を眺めていると、手足から澱《おり》のような疲れが流れ出ていくような気がした。じっくりと体が温まっていく。

温泉というのは、こんなに気持ちがいいものだったのか……。

今さらながら、日村はそう思った。昨日は別のことに気を取られていたのだ。他でもない、阿岐本のことだ。

だから阿岐本は、今日一日、日村を一人にしてくれたのだ。その気持ちがありがたかった。

それと同時に、責任を感じた。せっかく時間をくれたのだから、しっかり檜湯立て直しのヒントを見つけなければならない。

ああ……。いや、それも考えちゃいけないんだろう。

ひたすら頭の中を空《から》にして、リラックスするのだ。

こうして何の縛りもなく、湯に浸かっていると、普段自分がいかに鎧《よろい》をまとっているような状態なのかがわかる。

鎧兜《かぶと》を着けたままでは、湯には入れない。浴場は戦場から最も離れたところにあるのだ。それが今、実感できた。

気がつくと、ずいぶん長く湯に浸かっていた。日村にしては珍しい。

普段、長湯が嫌いだというのは、おそらく他のことで頭がいっぱいだからなのだろう。こうして、頭を空っぽにすると、いくらでも湯に入っていられそうな気がした。

湯の温かさとともに、阿岐本が言っていたことが、体に染みこんでくるような気がした。めりはりが大切なのだ。昔の日本人は、こうしてゆっくり湯に浸かって、頭を空っぽにしたのだろう。

それで一日のオンとオフが切り替わるのだ。

この気分が、きっと檜湯の役に立つ。日村はそう思っていた。

15

温泉を出た日村は、近くを散歩してみることにした。

何の目的もなく商店街を歩き、ぶらりと店に入って、みかんのジュースを飲んだ。角を左に曲がり、道の両脇の店を眺めながら歩いていると、広場に出た。その向こうが電車の駅のようだ。

遠出するつもりはない。日村は来た道を引き返した。

こうして散歩をすることなど、普段は滅多にない。いや、最近では皆無だろう。たいていは阿岐本のお供だ。

日村自身の用事で出かけるときも、健一か稔がついてくる。

一人で町をふらふらする度胸があるヤクザは、あまりいない。どこに対抗組織の構成員がいるかわからない。

特に幹部になると、敵の若い跳ねっ返りに狙われることもある。タマを取って手柄を立てようというわけだ。

だから、たいていはボディーガードになる若い衆を連れて歩くことになる。暴力団員が徒党を組んで歩くのにも、それなりの理由があるのだ。

いつもならば、日村もそうだった。

阿岐本に出会うまで、自分は抜き身の日本刀のようなものだったと思っている。触れるものをみな傷つけた。

町を歩き回るときは、喧嘩の相手を求めていた。普通の人間は近寄っては来ない。寄ってくるのは、日村を倒そうとするやつか、仇討《かたきう》ちをしようという連中だ。

そういうわけで、まったく気が休まる暇がなかった。あのままの生活を送っていたら、とうに死んでいたかもしれない。

肉体的にも危険だったし、精神もかなりやられていたと思う。毎日、過度の緊張を強《し》いられるのだ。それがいつまで続くかわからない。

阿岐本と会ったとき、おそらく自分はひどくすさんだ、狂犬のような眼をしていたに違いないと、日村は思う。

阿岐本に拾われてから、野良犬が飼い犬になったようにまともになった。それでも凶暴な飼い犬だったと思う。

連日の危機感からは救われたが、別な緊張を感じることになった。阿岐本の厳しい躾だ。厳しいが、自分のことを思ってくれていることは感じられた。だから、日村は躾に耐えられたし、徐々に変わることができた。

それから日村は阿岐本のために無我夢中で働いた。気がつけば代貸になっていた。

ぶらぶら散歩するようなのんびりした日常とは無縁の人生だったような気がする。だから、散歩の楽しみ方を知らない。つい、早足になっている自分に気づく。背後を何度も振り向いて、怪しいやつがいないか確認してしまう。

日村は苦笑した。

やっぱり、散歩なんて柄じゃない……。

そう思い、宿に戻った。

何をしてもいいのなら、宿でぼんやりしていよう。何もしなくていい時間。それが一番贅沢な気がした。

温泉に入り、すっかりアルコールが抜けた日村は、冷蔵庫から缶ビールを取り出して一口飲んだ。

思ったよりもうまくない。風呂上がりのビールはうまいという先入観があったのかもしれない。

体はまだアルコールを欲してはいないのだ。おそらく、清涼飲料水を飲んだほうがうまかっただろう。

ともあれ、プルトップを開けてしまったからには飲み干そうと思った。一缶空けてしまうと、ちょっといい気分になった。

ベッドにごろりと横になり、テレビを点《つ》けた。昼のワイドショーをやっていた。いつもなら、ワイドショーやニュースも気合いを入れて見る。

どんなことがシノギのネタになるかわからないから、おろそかにはできないのだ。

だが、今はそんなことを考える必要もない。ぼんやりと画面を眺めているだけだ。いつもは気になる出演者のコメントのいい加減さも気にならない。

いつのまにか、またうとうとしていた。目を覚ますと、腹が減っていた。時計を見ると、午後一時を回ったところだ。ランチ目当ての客も一段落した頃だろう。日村は、食事に出かけることにした。

また商店街まで戻り、洋食のレストランでランチを食べた。思ったとおり、店はそれほど混み合ってはいない。

食事を終えると、また宿に戻った。やることがないと退屈するだろうと思ったが、そんなこともなかった。

テレビを眺めているだけで、時間はつぶれる。まったく阿岐本の言ったとおりだと思った。自分はオンとオフの切り替えがうまくできていないのかもしれない。こうして、阿岐本に無理やりスイッチを切ってもらわないと、ずっとオンのままだったろう。

それじゃいずれ電池切れになってしまう。明日のために休む。それも大切な考え方なのだ。

健一から電話がかかってきたのは、午後五時を過ぎた頃だ。日村は時間が経ったことに驚いていた。

「日村だ」

「夕食はどうなさいますか?」

「何も考えていない」

「もし、我々といっしょに召し上がるおつもりなら、店をお教えするよう、オヤジがおっしゃいまして……」

「合流するよ。どこだ？」

「一番町にある小料理屋です」

健一が言った店の名前を暗記した。ヤクザはメモを取ったりできない場面も多く、暗記力を鍛えられる。

「何時だ？」

「七時に、オヤジの名前で予約を入れてあります」

「わかった」

日村は電話を切った。

小さな店だが、小上がりを貸し切りにしてもらっていた。どんな店でも日村はかまわない。まずかろうがうまかろうが、どうでもいいのだ。

日村は、阿岐本の顔を見てほっとした。たった半日いっしょにいなかっただけで落ち着かない気分だった。

「すっきりした顔してるじゃねえか」

阿岐本が笑顔で言った。

「今日はどちらへ？」

「市内観光だよ。お城に行ってきたよ。坊っちゃんが言ってたほどしょぼい町じゃねえよ」

「自分は、また温泉に入っただけで、何もせずに過ごさせていただきました」

「そいつはいい」

先付けが運ばれてきた。お任せのコースらしい。

「さあ、明日はまた東京だ。みんな頑張ってくれよ」

阿岐本のその言葉で、乾杯をする。

やはり一人で飲むより、みんなで飲んだほうが、同じビールでもうまいと、日村は思っていた。

「なあ、誠司」

「はい」

「今日はシノギのことは何も考えなかっただろうな」

「考えないようにしました」

「おめえらしい答えだ。それで、何かヒントはつかめたかい」

「道後温泉の本館の建物は、明治からあるわけですよね」

「ああそうだ」

「たしかに建物自体は古いんですが、カランやシャワーといった設備は改修されていますよね」

「もちろん、そうだろう」

「それがいいと思いました」

「それがいい？」

「昔ながらのいいところは残す。そして、近代的に改修すべきところは改修する。それも、オヤジが言ったためりはりだと思います」

「そうだな。本館の建物は重要文化財にも指定されているからな」

「あとは、無理やりのんびりさせてやることも必要だと思いました」

阿岐本は苦笑した。

「無理やりかい」

「決して皮肉を言ったわけじゃありません。風呂に入って寛げばいいとわかっているのに、現代人は何だかんだ理由をつけて、それを避けようとするのです。遠慮もあるでしょうし、面倒だという気持ちもある。だから、無理やりにでもそういう状況を作ってやるというか……」

「おめえ、やっぱり自分のことを言ってるね？」

「はあ……。そうかもしれません」

「だがまあ、おめえの言うとおりだね。ノ観《へちかん》だろう？」

何のことかわからなかった。

「は……？　ヘチカンですか……？」

「千利休《せんのりきゅう》と同じ頃の茶人だそうだ。ノ観はね、客をもてなす上でいろいろと趣向を凝《こ》らすことで有名だった。あるとき、利休を招いておいて、落とし穴に落っことしたんだ」

「え……。落とし穴ですか？」

「そう。潜《くぐ》り戸から入ったところに落とし穴だ」

「利休って、偉かったんでしょう？」

「そりゃあ、太閤秀吉《ひでよし》も一目置いた天下の茶人だ」

「その利休を穴に落とすなんて、とんでもないことですね」

料理が次々と運ばれてくる。お造りではやはり鯛の刺身が出た。だが、オヤジと話をしていると、箸を動かす気になれない。

それに気づいた阿岐本が言う。

「いいから、食いながら話を聞きなよ」

「はあ……」

日村は言われたとおりにすることにした。

「落とし穴は深くてな、利休はすっぽりとはまり込み、泥だらけだ。ノ観は慌てた様子で飛び出してきて、利休を助け出し、まず風呂に入るように勧めた。泥まみれなので、利休はそれに応じる。すると、湯船にはなみなみときれいな湯が張られていたんだな。利休は心ゆくまで風呂を楽しんだ」

「なるほど……」

「風呂から上がると、新しい衣装が用意されていた。利休はそれを着て、実にさっぱりとした気分になり、茶室に臨んだわけだ」

「それがヘチカンの狙いだったというわけですね」

「そうだ。茶に招かれた客に、風呂に入れと言っても、なかなかはいとは言わねえだろう。おめえが言ったとおり、ひとっ風呂浴びりゃあ気分がよくなるのを知っていながら、踏ん切りがつかねえんだ。だからノ観はいやも応もなく風呂に入るように仕向けたわけだな」

「やり方は無茶ですが、それで利休も満足したわけですね」

「実はな、利休はノ観の計略に気づいたんだが、亭主の意向に逆らってはいけないと思い、わざと落とし穴に落ちたんだって話もある。だが、俺はノ観のアイディアに軍配を上げてえな」

意表をつくのもヤクザの手の一つだ。だから、阿岐本はノ観の思いつきが気に入ったのだろう。

「さすがは代貸だなあ……」

真吉が言った。「たった一日で、いろいろなことをお考えだったんですね」

「考えたわけじゃない」

日村はこたえた。「むしろ、考えないようにしたんだ。オヤジがそうおっしゃったんでな」

「はあ……。考えないように、ですか」

阿岐本が言った。

「必死に考えようとしているときは、けっこう考えていねえもんだ。逆に、頭を空っぽにしようとしたときのほうが、頭が回るんだ」

オヤジが言うと、脳生理学者並の説得力がある、と日村は思った。

「それと……」

日村は阿岐本に言った。「しっかり休まないと、いい仕事ができないというのは、本当だと思いました」

「それが当たりめえのことだと思うんだがな……。当たりめえのことを、当たりめえにできねえのが、今の日本だ。いや、今に始まったこっちゃねえ。いつの世でもそうかもしれねえ。だから、誰かがそれをきっちり言わなきゃならねえんだ」

「おっしゃるとおりだと思います」

「さあ、今夜はおおいに食って、おおいに飲むぞ」

「はい」


夕食が済む頃、阿岐本の携帯電話が振動した。

「はい、阿岐本……。おう、丸山か……」

この時間に連絡が来たということは、夕食を終える頃合いを見計らってのことだろうと、日村は思った。

電話を切ると、阿岐本が言った。

「おう。これから、昨日のスナックに出かけるぞ。丸山が待っているそうだ」

こういう義理を欠くわけにはいかない。日村は即座にこたえた。

「わかりました」

　小料理屋を出ると、徒歩で昨夜のスナックに向かった。

　健一がドアを開ける。阿岐本が店に一歩足を踏み入れると、ヤマちゃんたち若い衆が深々と頭を下げた。

「ごくろうさんです」

　カウンターの中から、ママの声が聞こえてくる。

「ちょっと。店の中でそういうの、やめてくれる？」

　阿岐本が言った。

「ママさんのおっしゃるとおりだ。堅気の衆に嫌な思いをさせちゃいけねえよ」

　ヤマちゃんが言った。

「はあ……。でも、今日はしばらく貸し切りだからって……」

「それでも、ヤクザ者が好き勝手やっていいわけじゃねえよ」

　その時、奥から丸山が出てきて、阿岐本に抱きつかんばかりの勢いで言った。

「アニキ、よく来てくれた。本来なら、迎えを出さなきゃならねえんだが、警察が眼を光らせていて、身動きが取れなくてな。さ、こっちへ来て座ってくれ」

　昨日と同様に、若い衆をカウンターに残し、阿岐本と日村は奥のボックス席に向かった。

　若頭の石亀が席の脇に立っており、深々と頭を下げた。

　四人が席に腰を下ろすと、阿岐本が丸山に言った。

「昨日接待してくれたんだ。今日は放っておいてくれればよかったのに……」

　丸山が言う。

「アニキのお陰で、目処《めど》がつきそうなんで、礼を言わなきゃならねえと思ってな」

　阿岐本が片方の眉を吊《つ》り上げた。

「目処がつきそうって、昨日の地上げの件かい？」

「そうなんだ」

「おい、昨日の今日で、解決策が見つかったってのか？」

「アニキが言ったとおり、俺はやるべきことを見失っていたよ。逆風の政党にいると、議員はいろいろとボロを出す。まさに、そのとおりだった」

「弱みを見つけたってわけだな」

「詳しいことは言えねえが、まあそういうことだ」

「そうなりゃ、勝負はおめえのモンだな」

「そう思うよ。だから、祝杯だ」

「そういうことなら、付き合うぜ」

　昨夜の再現だった。若い衆だけでなく、丸山や石亀もカラオケで歌った。おおいに盛り上がり、午前二時頃にお開きになった。

　翌日はまたしても全員二日酔いで、午後三時五十五分着の便で羽田空港に降り立った。日村と阿岐本、健一の三人はタクシーで阿岐本の自宅兼事務所に向かい、あとの若い衆はモノレールに乗った。

「俺は、上で一休みするぜ」

事務所に着くと、阿岐本が言った。

そうしてくれると、自分も助かる。

日村はそう思いながら、頭を下げた。

阿岐本が姿を消すと、日村は定席である来客用のソファに座り、携帯電話を取り出した。

永神にかける。

「おう、誠司か。どうした」

「蛭田のことで、気になることがあるので、オヤジに調べておけと言われまして……」

「蛭田？　どんなことだ？」

「あいつは、檜湯を巡る何かの利権に絡んでいるんじゃないかと……」

「利権……？」

「電話ではナンですので、お目にかかって話をしたいんですが……。これからうかがってよろしいでしょうか」

「かまわねえよ。十九時までは時間がある」

時計を見ると、午後五時二十分だ。

「すぐにうかがいます」

「わかった」

電話が切れると、日村は立ち上がり、健一に言った。

「ちょっと永神のオジキのところに行ってくる。オヤジを頼むぞ」

「今からですか？」

「オヤジから言われた用事なんだ」

それは常に最優先で、待ったなしであることを意味している。

「稔が戻るのを待って、車で行かれたらどうです？」

「オジキが七時までしか時間がないと言っている」

そう言うと、日村は事務所をあとにした。

旅行から帰ったばかりで疲れている。日村だって休みたい。永神と話をするのは明日でもいいのはわかっている。だが、今日のうちに済ませてしまいたい。

それは阿岐本の教えでもあるし、日村の性分でもあった。

16

永神の事務所は、赤坂という場所柄のせいか垢抜けている。近代的なオフィスだ。永神の部屋には、「社長室」という表札がかかっている。「組長室」ではないのだ。

阿岐本の部屋のような大きな神棚もない。永神は、社長用の大きなデスクから高級そうな応接セットのところに出てきて言った。

「まあ、かけてくれ」

「失礼します」

二人はテーブルを挟んで向かい合って腰を下ろした。

きちんとした恰好をした若い女性がコーヒーを運んで来た。健一や稔が茶をいれるのとは大違いだ。

女子社員が戸口で一礼してから退出すると、永神が言った。

「檜湯の利権と言ったか?」

「はい、そうなんです」

「利権と言ってもなあ……。債務の処理で、売却処分しようとしたけど、それもままならなかったような物件だぞ。利権が絡んでいるとは思えねえな……」

「それが妙だと思うんです」

「妙……？」

「赤坂の土地です。売ろうと思えば、いくらだって買い手が付くでしょう」

「小松崎が処分しようとしたが、警察の妨害やらなんやらでうまくいかなかったということだった」

「暴対法と排除条例に縛られて、身動きが取れなかったってことでしたよね」

「ああ、そうだ」

「土地と建物を処分しようと思ったら、小松崎さんのところじゃなくても、いくらでも業者がいるはずです」

「銭湯のご主人と小松崎は、小学校時代からの付き合いだということだ。義理を立てたんじゃねえのか」

「そんな場合じゃないでしょう。債務の処理ですよ」

永神は考え込んだ。

「じゃあ、おめえは、何か裏があると考えているのか？」

「小松崎さんや檜湯の佐田さんを疑いたくはないですが、何かしっくりこないんです。もちろん気になるのは、蛭田のことですが、もし何か事情があるのなら知りたいと思いまして……」

永神は腕を組んで考え込んだ。

「言われてみりゃ、妙な話だ。何か面倒なことに阿岐本のアニキを巻き込んだんだとしたら、俺の責任だ」

たしかに、元はと言えば、永神が阿岐本に話を持ち込んできたのだ。だが、そんなことは口が裂けても言えない。

「いえ、オジキに責任はありません。ただ、蛭田が小松崎さんやオジキにちょっかいを出してくるのには、何か理由があるんじゃないかと思いまして……。オヤジもそう言ってます」

永神は天井を見上げて言った。

「俺は何も聞いてねえなあ……」

それから日村に眼を戻して言った。「小松崎を呼び出して、訊いてみようか」

「時間がないんじゃないですか？　午後七時から御用がおありなんでしょう？」

「なに、別に遅れたっていい用事だ」

永神は、携帯電話を取り出した。小松崎と連絡を取る。話はすぐについたようだ。電話を切ると、永神が言った。

「十分で来るそうだ」

その言葉どおり、十分後に小松崎がやってきたと、先ほどの女子社員が告げた。

「通してくれ」

永神が言うと、ほどなく小松崎が顔を出した。戸口で礼をすると、彼は言った。

「これは、日村さん……」

それから永神に向かって言う。「話ってのは何でしょう？」

「座ってくれ」

「はい、失礼します」

小松崎は、日村の隣に座った。

永神が言った。

「誠司は心配性でな、いろいろと思うところがあるようだ」

「思うところ……？」

「蛭田だ。やつは、何か檜湯を巡る利権に絡んでいるんじゃねえかと、誠司は言うんだ」

「檜湯を巡る利権……」

小松崎が日村のほうを見た。日村は言った。

「ちょっと、愛媛の松山まで行ってまいりまして……」

「松山……」

「はい。そこで、阿岐本が親しくしている同業者から、こんな話を聞きました……」

丸山が抱えていた問題を説明した。

話を聞き終わると、小松崎が言った。

「なるほど……。マル暴が開発だの地上げだのという案件に絡んでくるときは、たいていそういうことがありますからね」

永神が小松崎に尋ねた。

「あんた、何か知ってるのかい」

「いいえ。知っているわけじゃないんですが……」

「何だ、何か言いたそうだな」

「思い当たる節がないわけでもありません」

「思い当たる節……」

「ええ。どう考えても、蛭田のやり方は普通じゃない。自分らに檜湯を売却させたくないとしか思えないんです」

「なるほど……」

永神が再び腕組みする。「売却させたくない理由が、やつにあるってことだな」

「ええ……。ですが……」

小松崎が困惑したように言う。「その理由がわかりません」

永神と小松崎は、本当に檜湯の利権などについては知らない様子だ。日村は、永神とは長い付き合いだから、彼が嘘を言っていればすぐにわかるはずだった。

日村は言った。

「今売却されると面倒だからじゃないですかね」

永神が言った。

「面倒……？　どうしてだ？」

「新しい持ち主が、何か建物を建てちまったら、地上げがやりにくくなるでしょう。今のままだったら、再開発の話がスタートしたときに、買い叩くこともできます」

永神は即座にかぶりを振った。

「いや、どうせ土地を手に入れたいんだろう。今買っても同じことだろう」

小松崎が同調する。

「そうですね。将来地上げするときに買っても、今買っても同じことですね。今なら、佐田の足元を見て買い叩くこともできると、相手は考えるでしょう。もちろん、自分がそんなことはさせませんが……」

なるほど、二人の言うことはもっともだと、日村は思った。永神も小松崎も不動産売買に関与することが多いのだろう。

日村は、さらに考えて言った。

「再開発するには、それなりの態勢が必要でしょう。不動産業者や建設業者、それに行政をうまくまとめなけりゃなりません。その段取りがまだできていないんじゃないでしょうか」

永神が言う。

「それで、売りに出すのを遅らせようとしていると……」

「そうです」

小松崎がかぶりを振った。

「いや、それだけの大きな話なら、檜湯を買う金くらいどうとでもできるでしょう。業者に買わせりゃいいだけのことです」

日村は小松崎に言った。

「買った後、どうするんです？　空き地で遊ばせておくと、固定資産税が高くなります」

　永神が言う。

「駐車場でも作ればいい」

　小松崎が永神に言った。

「それ、よく言われることなんですが、実は駐車場を作っても空き地と税額は変わらないいんです」

「そうか……」

「それに……」

　小松崎が思案顔で言う。「赤坂の再開発となれば、話はでかい。固定資産税ごときをけちるとも思えませんが……」

「それもそうだな……」

　永神が考える。

　小松崎が言う。

「理由は別にあるような気がします」

　永神が尋ねる。

「じゃあ、再開発とかじゃねえってことか？」

「わかりません。しかし、もしそんなでかい話があるなら、自分らの耳に入らないのはおかしいと思いませんか？」

永神がまた考え込む。

「そうだな。たしかに、あんたの言うとおりだ」

日村は小松崎に尋ねた。

「佐田さんからは、何もお聞きじゃないんですね？」

「聞いておりません。ただ、彼が経営を立て直そうとしているのは本当のことです」

「一度、銭湯を処分しようとして、それがうまくいかないので考え直すことにしたと、おっしゃっていましたね」

「悩んでいたようです。銭湯を処分すると言いだしたのは、たぶん気分的に追い詰められて自棄《やけ》になっていたんじゃないかと思います」

永神が小松崎に尋ねる。

「しかし、経営が赤字なことには変わりないんだろう？」

「ええ。赤字です」

日村が永神に言った。

「そこなんですが……」

永神が聞き返す。

「何だ？」

「銭湯は赤字でもやっていけるんですよね」

永神がうなずく。

「そうだったな。税金や水道料の優遇措置があるし、都や区から補助金が出るって、佐田さんが言ってたらしいな」

「そうなんです」

日村は言った。「赤字でもずっとやっていけるんです。それなのに、このタイミングで、経営を立て直そうというのは、いったいなぜなんでしょうね」

永神と小松崎は考え込んだ。

日村は小松崎に尋ねた。

「佐田さんが、そのあたりのことを何か話されたことはないですか？」

「いや、自分は聞いたことがないですね。でも、たしかに長い間悩んでいる様子でした。自分はてっきり金がうまく回らないからだと思っていましたが……」

永神が言った。

「誰でもそう思うだろう。今どき銭湯なんて流行らねえし、補助金や優遇措置のことを知らなかったから、いつつぶれてもおかしくねえと、俺は思っていた」

「問題は蛭田なんです」

日村は言った。「あいつがいる限り、自分らが銭湯の経営立て直しに手を貸そうとしても、身動きが取れない……」

永神が言う。

「そういうことだな。松山の話じゃねえが、バックに誰かいそうな気がする。そいつが何かの絵を描いているに違いねえ」

小松崎がうなずいて言った。

「調べてみましょう。必要なら佐田と話してみます」

「いえ……」

日村は言った。「佐田さんにはまだお話しにならないほうが……」

「なぜです？」

「自分らは何も知らずに、手を貸すだけ。今はまだそういう恰好にしておいたほうがいいように思います」

「わかりました。じゃあ、蛭田のことをそれとなく探ってみることにします」

「じゃあ、俺も探ってみよう」

永神がそう言って時計を見た。午後七時を少し回っていた。

日村は言った。

「御用がおありなんでしたね。じゃあ、自分はこれで失礼します」

小松崎も立ち上がった。

永神が言った。

「おう、六本木の子と同伴なんだ。じゃあな」

用事というのは同伴出勤のことか。

だが、こうした予定もおろそかにはできない。融通の利く遊び場を確保しておくのもシノギのうちだ。いつでもＶＩＰを接待できるようにしておかなければならない。

そのために、ホステスのノルマ消化に協力して、手なずけておく必要もあるのだ。これも義理事のひとつと言えるだろう。

同伴出勤は、お楽しみではない。あくまでも店のノルマだ。男も女も楽ではないのだ。


永神の事務所を出ると、小松崎が日村に言った。

「どうも、いろいろと至りませんで、申し訳ありません」

日村も同様に頭を下げた。

「いえ……。そんなことは……」

「佐田の困っている姿を見て、一肌脱ごうと思ったわけですが、どうもお話をうかがっているうちに、単純な話ではないような気がしてきました」

「阿岐本は佐田さんの人柄を信じております。ですから、自分も信じます。何かきっと事情があるはずです」

「それを、佐田が自分に話してくれるといいのですが……」

「親しいからこそ、話せないようなこともあるでしょう」

小松崎は淋《さび》しそうな顔になった。

「自分は、お天道《てんと》様の下を歩けるような人間じゃありません。でも、世のため人のためになりたいという気持ちはあるんです。だから、誰かに頼ってもらうとうれしいんです。それが幼馴染みとなりゃあ、よけいに……」

「わかります」

人の役に立つのでも、日陰者なりのやり方があるものだ。

「佐田のやつが、自分に何かを隠しているんだとしたら、そいつはずいぶんと残念な話です」

日村はうなずいてから、もう一度言った。

「何か事情があるはずです」

二人は赤坂通りで別れた。

日村が、電車で事務所に戻ったのが午後八時過ぎだった。

若い衆が顔をそろえていた。

「お疲れ様です」

健一が言った。「戻ったら声をかけてくれと、オヤっさんが……」

「上にいるのか？」

「いえ、組長室におられます」

「わかった」

日村は、部屋のドアをノックした。

「日村です」

「おう、誠司か。入《へえ》んな」

「失礼します」

部屋に入ると、阿岐本は、机ではなくソファのところにいた。

「座んなよ」

「はい……」

ソファに浅く腰を下ろす。

「それで、永神たちは何だって？」

「オジキも小松崎さんも、利権の類《たぐい》の話はご存じないようでしたね」

「そうかもしれねえなあ……」

「どうやら、再開発といった話ではないようですね」

阿岐本は腕を組んで考え込んだ。

「丸山の話からヒントを得たんだが、まあ、まったく同じってわけにはいくめえ」

「はあ……」

「しかしな、蛭田のバックには必ず誰かいる」

「小松崎さんとオジキが、改めて探ってくれるとおっしゃっていました」

「そうか。じゃあ、その知らせを待つことにしよう。俺たちは、銭湯の経営立て直しに着手しなけりゃならねえ」

「わかりました」

「さっそく明日から行く。佐田さんに連絡しておきな」

「わかりました。それで、何から始めますか？」

「まずは、銭湯内のチェックだよ。先日、ざっと見させてもらったが、あれじゃわからねえ」

「若い衆を誰か連れていきますか？」

「運転手は稔だ」

「はい」

「もう一人連れて行こうか。真吉がいいだろう」

「了解しました」

「佐田さんがいいって言うなら、午前中から行きてえな。今、電話してみな」

「はい」

日村は、佐田の携帯電話に連絡した。呼び出し音六回で佐田が出た。

「日村です。明日、さっそく作業に入らせていただきたいのですが……」

「作業……？　具体的には何を……」

「まずは、浴場やら脱衣所やらをチェックさせていただきます。午前中からうかがってよろしいですか？」

「うちはかまいませんが……」

日村は、阿岐本の顔を見てうなずいた。阿岐本が言った。

「十時だ」

日村はそれを佐田に伝えた。

佐田が言った。

「わかりました。お待ちしております」

日村は電話を切った。

阿岐本が言った。

「じゃあ、明日ここを九時に出る」

「はい。稔に伝えておきます」

日村は立ち上がり、一礼して組長室を出た。

「稔、真吉。明日、赤坂の檜湯に行く。九時にここを出発だ」

稔と真吉はうれしそうな顔になり、健一はがっかりした顔になった。テツは無表情だ。だが落胆したのは明らかだった。

彼らも、銭湯の経営立て直しに参加したいのだ。日村はさらに言った。

「健一、俺の留守中はおまえに任せた。テツも健一も、明日は留守番だが、交代で銭湯に行くこともあるだろう」

健一の表情が明るくなる。わかりやすいやつだ。

「じゃあ、頼んだぞ」

「はい」

日村はアパートに引きあげることにした。

事務所を出ると、さすがに疲れているのを意識した。食欲もない。ビールと弁当をコンビニで買って帰ることにした。

さっきまでいた道後温泉をふと思い出した。なんだか夢を見ていたような気がした。

17

翌朝、日村は八時半に事務所にやってきた。そのときにはすでに、若い衆が顔をそろえていた。

稔は、大きな羽根のハタキで、車の埃《ほこり》を払っていた。

「オヤジは？」

日村が尋ねると、健一がこたえた。

「まだ、上にいらっしゃいます」

日村はいつもの席に行き、腰を下ろした。来客用のソファだ。健一が茶とオシボリを持ってきてくれた。

九時ちょうどに阿岐本が下りてきた。

「おう、誠司。仕度はいいかい？」

「はい」

「じゃあ、行こうか」

「行ってらっしゃい」

若い衆の威勢のいい声に送り出され、阿岐本と日村、そして真吉は車に乗り込んだ。

稔が運転席、真吉が助手席。阿岐本と日村は後部座席だ。

稔が確認する。

「行き先は、檜湯ですね」

これだけで、若い衆を殴るヤクザもいる。黙って言われたとおりにすればいい、というわけだ。

それでいて、何も言わず勝手に車を出すと、「どこに行くつもりだ」と、殴られる。つまり、何をやっても殴られるのだ。修行中の若い衆は楽ではない。

もちろん、阿岐本は殴ったりはしない。普通に返事をする。

「ああ、檜湯だ。約束は十時だ」

「了解しました」

稔が車を出す。

日村が隣の阿岐本に言った。

「まさか、蛭田は現れないでしょうね」

「どうかな……」

阿岐本はあまり関心なさそうな態度でこたえた。「俺たちが、檜湯で何かやっていると知ったら、飛んでくるだろうな。だが、誰かが知らせない限り、やってくることはないだろう」

「前回訪ねたときは、誰かが通報したんです。今回もそうなるかもしれません」

「その時はその時だ。俺たちゃ別に悪いことをしようってんじゃねえんだ」

それが通用しないのが、今の世の中だ。

日村はそう思いながら黙っていた。

すると、阿岐本が言った。

「おめえは、本当に苦労性だね。世の中なるようにしかならねえんだ。あれこれ余計なことを考えたり、心配したりするのはばかばかしいじゃねえか」

「はあ……」

人間、なかなか阿岐本のように割り切ることができない。

車は順調に進み、赤坂に到着したのは、九時四十五分頃のことだった。

檜湯の近くまで来ると、稔が言った。

「このあたりで降りられますか？　自分は駐車場を探します」

阿岐本が言った。

「いや、まだ早い。約束の時間より早く訪問するのは失礼だ。このまま駐車場まで付き合うよ」

「わかりました」

コインパーキングがすぐに見つかった。檜湯からそれほど離れていない。歩いて五分もかからずに着くだろう。

頃合いの時刻になるまで、車の中にいることにした。やがて、阿岐本が言った。

「さて、それじゃあ、行くとするか……」

「お待ちしておりました」

十時ちょうどに訪ねると、佐田本人がすぐに出てきて言った。「お上がりください」

「いや」

阿岐本が言った。「すぐに銭湯のほうに行って、作業を始めてえと思います」

佐田がふと心配そうな顔になる。

「脱衣場や浴場をチェックされると、電話でおっしゃっていましたね。いったい、何をチェックされるのでしょう」

阿岐本が言った。

「気になりますか？」

「そりゃあ……」

「経営を立て直したいんでしょう？　つまり、赤字経営から脱却したいわけだ」

「そうです」

「そのために、私らの手伝いが必要だとお考えなのですね？」

「はい」

「だったら、何も心配せずに、私らを信用してください」

「はあ……」

「脱衣場や風呂場のチェックなら、自分たちもしている。そうお考えなのでしょう」

「いえ、別にそういうわけでは……」

「お気持ちはわかりますよ。ですがね、あなたの眼はあくまで、経営者の眼です」

「経営者の眼……？」

「そう。もちろんプロでいらっしゃるから、間違いはねえとは思いますよ。でもね、利用する客の側とは、やっぱり見方がどこか違うものです。私らは客の立場で見ることができる」

「はあ……」

「失礼は承知で申し上げてるんです。でもね、本音で思っていることを言い合わねえと、問題は解決しません」

「そうですね……」

佐田が愛想笑いを浮かべる。どうも、オヤジが言っていることに、イマイチぴんときていないようだ。

日村はそう感じていた。

まず、脱衣所にやってきた。先日とは違い、外から入った。玄関を入るとすぐにフロントがあり、そこで女湯と男湯に分かれる。向かって右側が女湯、左側が男湯だ。

まず男湯の脱衣所に入る。大きな鏡。部屋の中央に棚がある。棚の下にはロッカーが並んでいる。

部屋の左側の壁面にもロッカーがあった。正面にガラス戸。その向こうが浴場だ。

棚の上に、プラスチックの四角い脱衣籠が重ねて積んである。

浴場に通じるガラス戸の前には、足ふきマット。

鏡は女湯との仕切りに取り付けられている。鏡の脇に、液晶テレビが置いてあった。

「ふうん……」

阿岐本はそうつぶやきながら、靴下を脱いで、浴場に向かった。真吉がすぐさま、脱いだ靴下を手にした。

日村も急いで靴下を脱いで、阿岐本に続いた。

なつかしいタイル張りの湯船だ。床もタイル張り。壁絵はなく、壁面は薄緑一色に塗られていた。

阿岐本が、今度は「ううん」と唸る。

何か気に入らないことがあるらしい。

両側の壁面に、五組ずつのカランとシャワーが並んでいる。中央に仕切りがあり、その両脇にも三組ずつのシャワーとカランがある。

一度に最大で十六人が体を洗える。

湯船は大小二つある。おそらく小さいほうの湯は熱めなのだろうと、日村は思った。昔、いかにも頑固そうな老人が、真っ赤な顔をして熱い湯に浸かっていたのを思い出した。

しばらく浴場の中を歩き回っていた阿岐本は、一人うんうんとうなずいて、脱衣所に戻った。

佐田は、その様子を無言で見つめている。

足ふきマットで足をぬぐい、真吉が差し出した靴下をはいた阿岐本が、佐田に尋ねた。

「掃除は毎日なさるんですね？」

「もちろんです」

「お湯も毎日取り替えるんですか？」

「ああ、それは……」

「毎日ではないのですか？」

「うちは、循環式なので濾過器《ろか》を使っています。毎日は取り替えていません」

「濾過器……」

「ええ。お湯を濾《こ》してきれいにします。その際に塩素で消毒をするのです。実際、塩素で消毒されたお湯が浴場に行き渡りますので、いつも消毒されているような状態なのです」

「それでも、毎日掃除はなさるんですね？」

「ええ、そりゃ……。銭湯は清潔が何より大切ですからね」

「では、そこから徹底しましょう」

阿岐本の言葉を聞いて、佐田が戸惑ったように言う。

「そこからって、掃除からということですか？」

「はい。銭湯に限らず、掃除は何より大切です」

「はあ……」

「おわかりいただけてないようですね」

「いえ、そういうわけでは……。掃除が大切なのはわかります。だから、いつも営業時間が終わってから必ず掃除をしているのです」

「掃除ってのはね、心を込めてやらなきゃ意味がねえんです」

「はあ……。しかし……」

「しかし、何です？」

「私と妻ではやれることは限られています。ボイラーマンの北村さんも手伝ってくれますが、なにせ北村さんも若くはありませんので……。これ以上人を雇う金なんてありませんし……」

「掃除は当面、うちの若いモンにやらせましょう。しかし、いつまでも、というわけにはいきません」

「そうですね……」

「佐田さん。真剣に考えておられますか？」

阿岐本に言われて、佐田は慌てた様子でこたえた。

「もちろんです。真剣です」

阿岐本はうなずく。

「それなら、けっこう。では、私らがいなくなった後はどうされますか？」

「いなくなった後……？」

「そうです。私らはずっと銭湯の経営に携わるわけじゃありません。あくまでも後押しです。

うまく動き出したら、私らは手を引くんです。その後、どうするおつもりかどうかがっているのです」

「どうすると言われましても……」

「当面はうちの若い衆が働きます。だが、いずれはいなくなる。その代わりに、誰かに頑張ってもらわなけりゃならねえ」

「誰か……」

「うちの若いモン同様に、おたくにも若い衆がおられるじゃないですか」

「子供たちのことですか？　いや、二人ともまだ学生です。娘の美鈴《みれい》は大学二年、息子の陽《よう》一《いち》は高校一年です」

「子供が家の仕事を手伝うのは、当たり前のことじゃねえですか。少なくとも、私らの子供のころはそうだった」

「いや、今はそういうご時世じゃありません」

「ご時世の問題じゃないでしょう。子供が親の手伝いをするんです。何の不都合があるんです？」

佐田は、目をそらして下を向いた。

「子供たちに、手伝いを無理強いすることはできません。彼らの役目は勉強することです。それに、子供は親の所有物じゃありません」

「もちろん、所有物なんかじゃありません。しかし、本気で経営を立て直したいのなら、ご家族の協力は不可欠でしょう」

　佐田はうつむいたままこたえた。

「おっしゃるとおりだと思います」

「先ほど、真剣に考えておられるとおっしゃいましたね？　真剣なら、家族を説得することくらい、どうということはありませんよね」

「わかりました。話してみます」

「けっこう」

　阿岐本は満足げにうなずいた。それから、脱衣所を見回して言った。「こっちもきれいにする必要があるね。まず、足ふきマットだね。ここが不快だったら、いくら浴場や脱衣所を掃除してもお客の気分を損ねかねねえ」

「足ふきマット……」

「今、なんだかたわしみたいなマットが敷いてあるでしょう？　あれをどうにかしましょう。それから脱衣籠もプラスチックじゃなくて、昔使っていたような手触りのいいものに替えたいですね」

「はあ……」

「おい、誠司」

　突然呼ばれて、日村は驚いた。

「はい」

「トイレを見てこい」

「はい」

言われたとおり、トイレを見る。洋式の便器だった。いちおう掃除されている。

「どうだい？」

「それなりに掃除されています」

すると佐田が言った。

「そりゃ便所も毎日掃除していますよ」

阿岐本が言う。

「それなりに、じゃダメですね。トイレこそ徹底的にきれいにしなけりゃ……。それも、取りあえず、若い者にやらせましょう」

佐田は、半信半疑の様子だ。いや、拍子抜けしているのかもしれない。頼りにしている阿岐本が、何を言うかと思えば、「まず掃除」なのだ。

彼はその効果を知らない。荒れていた私立高校を改善できたのも、病院の経営の立て直しに成功したのも、その第一歩は「まず掃除」だったのだ。

「じゃあ、さっそく始めましょう」

阿岐本が言った。

「わかりました。掃除の道具を運んできましょう」

「どこにあるのか教えてもらえば、若いモンがやります」

「いえ、私もやります」

「まあ、やりたいとおっしゃるなら、止めません」

真吉、稔、そして、佐田の三人が掃除を始めた。今湯を抜くわけにはいかないので、浴槽の掃除は後回しで、取りあえず洗い場や脱衣所を掃除することになる。

「自分も手伝います」

日村は阿岐本に言った。「佐田さんにやらせておいて、自分が見ているわけにはいきません」

「ああ、頼むよ」

日村はふと気になって、阿岐本に尋ねた。

「あの……。佐田さんは、本当にお子さんたちに話をするつもりだと思いますか？」

「思わねえな」

「やっぱり……」

「話していてわかったよ」

「何がですか？」

「佐田さんが抱えている問題の一つが……」

「問題は、経営難でしょう」

「そういう単純な話じゃあるめえ」

「経営難が単純とは思えませんが……」

「世の中には、もっと面倒くせえ話があるだろう」

「そりゃまあ、そうでしょうが……」

「いいから、掃除に行ってきな」

「はい」

日村は、佐田と真吉がいる洗い場に行った。佐田がデッキブラシでタイルの床を擦《こす》っている。手本を見せているつもりだろう。

日村は思わず言った。

「ああ、それじゃだめです」

佐田が驚いた顔で言う。

「長年、こうやっているんです」

「目地を傷《いた》めないように、歯ブラシで歯を磨くようにデッキブラシを横に動かすんです」

「え……」

「ただ、ごしごしやればいいというものではありません。タイル一枚一枚を大切にする気持ちでブラシをかけるんです」

「それじゃ手間がかかり過ぎます」

「いえ、手間はそんなに変わりません。デッキブラシの動かし方をちょっと変えるだけですから」

日村に言われて、さっそく真吉がデッキブラシを横に動かしている。

「ああ、このほうが効率がいいかもしれません」

佐田は呆然《ぼうぜん》と真吉の姿を眺めている。日村は言った。

「デッキブラシ、よろしいですか？」

「あ？　ああ……」

佐田が差し出したブラシを受け取り、日村もタイルを磨きはじめた。真吉と二人なので、作業はすぐに終わった。

日村はカランを見てから、佐田に言った。

「重曹《じゅうそう》はありますか？」

「は？　重曹ですか？　いいえ」

日村は真吉に言った。

「ひとっ走り薬屋まで行って、重曹を買ってきてくれ」

「わかりました」

真吉が出かけていった。

佐田が尋ねる。

「重曹を何に使うんです？」

「掃除には万能ですよ。特に、カランなんかの金属を磨くのにいいです」

「はあ……」

「普段は、カランを磨いたりはされないのですね？」

「水をかけて流しますが……」

「真吉が薬局から戻るまで、脱衣所のほうを見ましょう」

日村は移動した。佐田が無言でついてくる。

「このたわしのような足ふきマットは、やっぱり感触があまりよくないですね」

日村が言うと、佐田がこたえる。

「うちは、長年これを使ってきましたが……」

「タオルのように頻繁に取り替えなくて済むからですね？」

「まあ、そういうことです」

「銭湯の側の利便性よりも、客の心地よさを考えるべきだと思います」

「それは心得ているつもりだったのですが……」

「阿岐本が言ったように、経営者と客は立場が違うので、感じ方も違うのです」

それから、日村は気になるところを指摘していった。「まず、鏡を磨きましょう」

「古いので、端のほうは変色したりはげたりしていますが……」

「それでも磨けばきれいになるものです。それと、蛍光灯をきれいに拭きましょう」

蛍光灯を拭くのは、病院の経営立て直しの際に学んだことだ。器具を取り替えなくても、きれいにするだけで照明は明るくなる。

「さあ、やりましょう」

佐田が言われたとおりに、鏡を磨きはじめる。日村は、蛍光灯を外して丁寧に汚れを拭き取った。

そのうちに真吉が戻ってきた。日村は彼に命じた。

「おまえは重曹で、カランなんかの金属を磨くんだ。こっちが済んだら、俺たちも手伝う」

「わかりました」

その間、阿岐本はみんなの働く姿を満足げに眺めていた。

三時間ほどで作業は終わった。オープンの時間に余裕で間に合った。

ぴかぴかの洗い場や、脱衣所の鏡を眺めて、阿岐本が言った。

「今日のところは、こんなもんだろう」

18

「母屋のほうで、一休みしてください」

佐田が言った。一休みしたいのは、佐田自身なのではないかと、日村は思った。

阿岐本がこたえる。

「じゃあ、遠慮なく上がらせてもらいますよ」

先日と同様に、リビングルームに案内された。佐田は、応接セットのソファに阿岐本を座らせてから、自分も腰を下ろした。

それから、立ったままの日村、稔、真吉の三人に気づいた。

「あ、皆さんもどうぞ」

日村はこたえた。

「いえ、自分らはこのままで……」

阿岐本が日村に言う。

「そんなところに突っ立っていちゃ、迷惑だよ。誠司だけでも座んな」

「はあ……。では、失礼します」

日村は稔と真吉に言った。「おまえらは、外で待ってろ」

二人が出て行くと、日村はソファに腰かけた。

「おい、お茶だ」

佐田が台所に向かって言う。そちらに、彼の妻がいるらしい。おそらくヤクザを恐れて出てこないのだろう。

阿岐本が言った。

「どうぞ、お構いなく」

「しかし……」

佐田が言う。「たしかに、いつもの掃除よりも丁寧にやって、きれいにはなりましたが、それが客の入りに影響するものでしょうか」

「客は急に増えるもんじゃありません。まずは、いつも来てくれているお客さんの満足度を上げることです」

「はあ……」

「まあ、見ていてください。一週間、いや三日で何か変化が表れるはずです」

佐田の妻が茶を運んで来た。明らかに迷惑そうな顔だ。

「恐れ入ります」

阿岐本が言っても、佐田の妻は眼を合わせようとせずに、小さくうなずいただけだった。

ヤクザの親分と代貸がソファに腰かけているのだ。無理もないと日村は思った。

これが普通の一般人の反応だ。中には妙にヤクザ好きの一般人もいて、親しげに話しかけてくることもある。そういう連中には、勘違いであることを、きっちりとわからせなければならないと日村は思っている。

ヤクザと堅気は住む世界が違うのだ。

佐田の妻は、そそくさと台所にひっこんだ。おそらく、佐田と阿岐本がどんな話をするのか、そこで耳をすましているに違いない。

阿岐本が茶を一口すすると言った。

「今日は掃除だけやりましたが、今後本当にお客を増やすつもりなら、いくつか改めなければならないところがあると思います」

「例えば、どのようなところでしょう」

「まず、先ほども言いましたように、足ふきマットについて考えなければなりません」

「はあ……」

「お客さんの満足度というのは、ちょっとしたことで大きく変わるものです。それと、壁絵ですね。ちょっと殺風景な気がします」

「最初はうちも、富士山の絵なんかを描いていたんですが、それがずいぶん傷んで、描き直そうかという話になったとき、富士山はありふれていてつまらないと感じたんです。かといって、どんな絵がいいかもわからず、結局ペンキ屋に一色で塗ってもらうことにしました。なんか、そのほうがモダンな感じがしまして……」

「モダンな感じ」という言い方がずいぶんと古くさい感じがした。

「基本に戻るのがいいと思いますよ。もう一度、富士山の絵を描いてみちゃどうです?」

「わかりました。阿岐本さんがそうおっしゃるのなら……」

「それから、脱衣所にもっと寛げる場所がほしいですね」

「お客さんが休めるような場所ですね」

「そうです」

「しかし、ご覧いただいたように、脱衣所は狭くて、そんなスペースを作るわけにもいかないのです」

「たいしたものは必要ねえんです。ベンチがあればいい。昔、路地裏なんかに竹の縁台が置いてあったでしょう。ああいうもんを一つ置くだけでいいんです」

「邪魔じゃありませんか?」

「それはお客が判断するでしょう」

「わかりました。足ふきマットに、脱衣籠。壁絵に、ベンチですね」

「碁盤や将棋盤なんかもあればいいですね」

「ああ……」

佐田が苦笑交じりに言った。「昔は脱衣所にそういうものを置いていましたね。でも、いつのまにか、片づけてしまいました」

「どうして片づけちまったんでしょうね」

「誰も使わなくなったからだと思います。今時、銭湯に来て碁を打ったり、将棋を指したりする人はいませんからね」

「銭湯にお客がわんさかやってきていた時代には、そういうものがあったわけですね」

「そうですね。そういう時代もありました」

「ならば、もう一度置いてみるといい。縁起物だと思えばいい」

「縁起物ですか……」

「そう。風呂屋が流行っていた頃に置いてあったものを、もう一度置いてみるんです」

「わかりました。昔脱衣所に置いてあった将棋盤や碁盤がまだ残っていると思います。捜してみます」

日村は、正直言ってベンチや碁盤なんかにどんな効果があるのか疑問だった。だが、オヤジの言うことに逆らうわけにはいかない。だから、黙っていることにした。

「さて……」

阿岐本が言った。「問題は費用です。足ふきマットやベンチなんかはたいした値段じゃねえが、壁絵を描いてもらうとなると、ちょっとした金額になるでしょう」

「まったく金をかけずに済むとは思っていません」

「ある程度の費用は見込んでいるということですね」

「区から補修や改修のための補助金をもらうことができますので……」

「なるほど、やはり銭湯は恵まれていますね」

「まあ、ある程度公共性がありますので……。逆に言うと援助してもらわなければ、やっていけない商売だということです」

「なるほど……」

そのとき、高校生くらいの少年がリビングルームに顔を出した。

客がいると思わなかったのだろう。少年は戸惑ったように一瞬立ち尽くすと、無言で通り抜けようとした。

「陽一」

佐田が言った。「お客様だ。ご挨拶しなさい」

ヨウイチと呼ばれた少年は、ぺこりと頭を下げて、つぶやくように「いらっしゃい」と言った。

そして、すぐに玄関に向かった。

阿岐本が尋ねる。

「今のが、高校一年生の息子さんですね？」

「はい。どうも躾がなってませんで、お恥ずかしい」

「ああいう若者の手を借りれば、掃除も楽ですねえ。これまで、お子さんたちがお手伝いされたことは……？」

「いや、滅多にありませんね。風呂屋の経営は、私と家内でやってます」

「ヨウイチ君とおっしゃいましたか」

「はい。太陽の陽に数字の一で陽一です」

「檜湯の跡取りになるかもしれないわけですね」

「風呂屋を続けられれば、の話ですが……。それに、陽一はまだ高校一年ですので、進路など考えていないでしょう」

「それでも、自宅が銭湯なんですから、跡を継ぐかどうかはお考えなんじゃねえですか？」

「さあ……」

佐田は力なく言った。「そういう話をしたことがありませんので……」

「いずれは考えなけりゃならねえことでしょう」

「そうですね」

「今がいいチャンスなんじゃねえですか」

佐田が伏せていた眼を上げた。

「おっしゃるとおりです。実は、今回、そのことも含めて考えなければならないと思っていたのです」

「檜湯を息子さんに継がせるかどうか、ということですね？」

「はい。客もどんどん減るし、燃料代は嵩《かさ》む。借金もあります。一時期は、このままじゃ銭湯などやっていけないと思い、存続を諦めかけたこともありました」

「それで、小松崎さんを頼って、銭湯を処分なさろうと思ったのですね？」

「そうです。しかし、幸か不幸か、それがうまくいきませんでした」

「マル暴の蛭田たちが邪魔をしたわけだ……」

「それで、思い直したのです。私の代まででもいいから、とにかく銭湯は続けよう、と」

「あなたの代までですか」

「後のことは息子の判断に任せようと思います。世の中はどんどん変わっていきますから。ただ、どうせなら、少しは経営を上向きにしたい。そう思って、小松崎に相談したんです」

「私はね、佐田さん。お手伝いするからには、腹の底からの本音が聞きてえんですよ」

佐田はそう言われて、しばらく戸惑った様子だったが、やがて意を決したように話しだした。

「銭湯を辞めて、ここを売却しようと考えたとき、ふと子供の頃のことを思い出したんです。まだ祖父の代の七〇年代初めの頃です。銭湯も賑わっていました。水商売のお姉さんなんかもやってきてましたね。先ほどの話ではありませんが、脱衣場で将棋を指している老人もいました。祖父も父も大忙しで、私も手伝いをしていました。活気のある時代です。その頃の光景が頭をよぎり、なんともたまらない気持ちになったのです」

「銭湯をつぶしたくない、と……」

「はい。時代のせいにしたくはないと、そのとき思いました。必要のないものは廃《すた》れる。でも、廃れるのと消え去るのは同じではありません。廃れても、消える必要はない。そのとき、私はそう思いました。きっとやりようはある」

「同感ですね」

阿岐本はうなずいた。「それが、そもそも私らに協力を依頼された動機だったというわけですね」

「そうです。そして、やりようによっては銭湯はまだまだ稼げる可能性があると思いたかったし、それを息子に知らせたいと思いました」

「娘さんもいらっしゃいましたね」

「ええ。大学二年生です。今時の学生ですからね。毎日遊び回っています」

「佐田さんは、二人のお子さんに銭湯を手伝ってもらいてえんでしょう」

「自分の子供の頃はそうでしたから……。でも、今はそうもいきません」

「どうしてですか？」

「子供たちは塾通いに忙しくて、手伝いなどやる暇がありませんでした。気がついたら、二人とも大きくなっていました。手伝いってのは、習慣のものですから、ある日突然手伝えと言ってもやっちゃくれません」

「本気で経営を立て直そうとお考えなら、家族全員腹をくってもらわないといけませんね」

「おっしゃるとおりなんですが……」

「お子さんを説得する自信がないのですね？」

「はあ……。情けない話ですが、子供たちと面と向かってそういう話をしたことがありません」

阿岐本は、腕を組んで溜め息をついた。それから、おもむろに言った。

「奥さんを呼んでいただけますか」

「え、家内を……」

「奥さんの協力も必要です」

佐田は、不安げにうなずいた。それから立ち上がり、台所に行った。やがて、彼の妻を伴って戻ってきた。

彼女は佐田の隣に座った。怯えている様子だ。佐田が言った。

「まだちゃんと紹介しておりませんでしたね。家内の康子《やすこ》です」

康子は顔を上げぬまま頭を下げた。

「阿岐本です。あらためて、よろしくお願いします」

康子は何も言わない。

「奥さんは、私らのような者たちが出入りするのがお嫌なのですね。いや、わかります。それで当たり前だと思います。しかしね、私らも、頼まれたからには嫌とは言えないのです。やれるだけのことをやらせていただきます」

康子は顔を上げない。

「ご安心ください。お宅にご迷惑をおかけするようなことは、決してありません」

「そうだ」

佐田が言った。「迷惑どころか、経営の立て直しに手を貸してくださるんだ」

康子はようやく顔を上げて佐田に言った。

「今さら、何をどうしようと言うのよ。客は減る一方なのよ。今までどおり、補助金とかでやっていけばいいじゃない」

　佐田が言う。

「このままじゃいけない。組合の言いなりじゃないか。選挙のたびにやりたくないことをやらされるし……」

「そんなの、別にどうということはないでしょう」

「できるだけ組合の影響から抜けだしたいんだ。そりゃ、優遇措置や補助金をもらっている以上、脱退するのは無理だ。でもせめて、自由に発言できるくらいに経営力を高めたいんだ」

　日村は、そっと阿岐本を見た。阿岐本も日村のほうを見ていた。

　今の二人の会話に、利権に関するヒントがあったように感じた。阿岐本も同じことを感じ取ったに違いない。

　康子が言う。

「何をどうしたって、昔のようにはならないのよ」

　阿岐本が言った。

「おっしゃるとおり、昔のように連日風呂屋が混み合うようなことにはならないでしょう。しかしね、お二人がやり甲斐《がい》をお感じになるくらいにはなると思います」

　康子は、阿岐本にではなく、佐田に言った。

「具体的には何をどうするわけ？」

どうやら、ヤクザとは話をしたくないらしい。まあ、それも通常の感覚だと日村は思った。

佐田がこたえる。

「徹底的に掃除をした。これから毎日、それをやろうと思う」

「塩素殺菌したお湯をお客が勝手に撒《ま》き散らしてくれるから、掃除なんて二日に一度くらいでいいって、業界の人はみんな言ってるじゃない」

この言葉に、日村は驚いた。

阿岐本が佐田に言った。

「掃除は毎日されてるって、おっしゃってましたよね」

佐田がうろたえた。

「いや、うちは毎日やっています。組合の会合なんかに行くと、仲間内でそういう話も出るということです」

それから、ちらりと阿岐本の顔色をうかがい、付け加えるように言った。「原則として、毎日掃除してます。ええと……。そのように心がけています」

実際にやっているわけではないということだ。

「人手が足りないんですよ」

康子がようやく阿岐本に向かって言った。「補助金で人を雇おうと言ったんですが……」

佐田が厳しい口調で言う。

「何でもかんでも補助金を当てにすればいいというもんじゃない」

「人手が足りない……」

阿岐本が言った。「そこで考えていただきたいのは、二人のお子さんです」

「子供たちは掃除なんてしませんよ」

「なぜです？　子供が親の仕事を手伝うのは当たり前のことでしょう」

阿岐本が先ほど言ったことを繰り返した。

「昭和じゃあるまいし、子供は言うことなんて聞きませんよ」

「言うことを聞かせるのが親でしょう」

康子は、何か言おうとしたが、言葉が見つからない様子だ。

阿岐本が続けて言った。

「私は今日、掃除や足ふきマットの交換、壁絵を描き直すことなどを提案しました。でもね、檜湯を立て直すには、もっと大切なことがあります。それは、家族が一丸となって、必死に働くことです」

佐田はじっと阿岐本を見つめている。康子は無言だ。

なるほど、そういうことか、と日村は思った。

先ほど阿岐本は、佐田が抱えている問題の一つがわかったと言っていた。

それは家族の問題だったのだろう。おそらく佐田は、子供たちとうまくコミュニケーションが取れていないのだ。

阿岐本の言葉が続く。

「親と子供がちゃんと向き合って話をしないってのは、何もお宅だけのことじゃねえと思います。今、たいていの家庭がそうなんじゃないかと思いますね。そして、それは人が銭湯にやってこなくなったのと無関係じゃないように、私は思うんです」

オヤジ独特の論理の飛躍かもしれない。

日村は思った。だが、妙に説得力がある。

「わかりました」

佐田が言った。「家内と二人で子供たちと話をしてみます」

康子は何も言わない。納得したわけではなさそうだ。

だが、阿岐本は懸念する様子もなく言った。

「頼みましたよ」

そして、にっこりと笑った。

19

「さて、やることはたくさんある」

阿岐本が佐田に言った。「足ふきマットと縁台を若いモンに買いにやらせましょう」

佐田が言う。

「あ、それでは費用を……」

「取りあえず、立て替えておきます。後でまとめて精算させていただきます」

阿岐本が腰を上げる気配を見せたので、日村は先に立ち上がった。阿岐本が外に出ようとすると、佐田もついてきた。

勝手口を出たところに、稔と真吉がいた。真吉が誰かと話をしている。若い女性だ。佐田が阿岐本に言った。

「ああ、娘の美鈴です」

美鈴が阿岐本たちのほうを見る。さすがに大学生だ。高校生の陽一とは違い、阿岐本に頭を下げる。

阿岐本が言った。

「お嬢さんですね。しばらく出たり入ったりと慌ただしいですが、勘弁してください」

「いえ……」

美鈴はちらりと真吉を見る。

また真吉の魔法か……。日村は思った。彼はたちまち女性と打ち解けてしまう。天性の女たらしなのだ。日村に言わせれば、もはやそれは魔法のレベルだ。

佐田は娘に言葉をかけようとしない。おそらく、声をかけても冷淡な反応しか返ってこないのだろう。

話しかけては拒否される。それを繰り返すうちに、佐田はコミュニケーションを取ろうとする努力を放棄したのかもしれない。

阿岐本が言った。

「ちょうどいい機会だ。佐田さん、娘さんにお話があるはずだ」

阿岐本は佐田の戸惑いなどおかまいなしだ。「ああ……」

佐田は、すぐには話し出せずにいる。美鈴が言った。

「話って何よ」

「父さんは、少しでも風呂屋の経営が持ち直すように努力するつもりだ」

「それで……？」

「それで、こうして阿岐本さんたちにご助力いただくことにしたわけだ。けどな、他人任せではいかんと思う」

「だから？」

「あのね」

真吉が口を挟んだ。「そういう言い方はだめだよ。相手が話しづらくなるだろう」

美鈴の表情がとたんに弛《ゆる》む。

「あら、そうかしら」

「そうだよ。友達と話すときに、そんな言い方しないだろう」

たいていの女性は、真吉の言葉を素直に受け容れる。その効果は幼女から老婆にまで及ぶ。美鈴も真吉に言われて、少しばかり態度が軟化したようだ。

佐田が話を続けた。

「父さんも母さんも、北村さんも必死で働く。だが、それだけじゃ人手不足なんだ。風呂屋の経営は、家族全員で考えなきゃならない問題だと思うわけだ」

「家族全員で……？」

「そう。今までおまえたちに、仕事を手伝えと言ったことはない。だが、これからはそうはいかないかもしれない」

「銭湯は処分するんじゃなかったの？」

「考え直すことにしたんだ」

「ふうん」

美鈴は、阿岐本や真吉の顔を見てから言った。「突然そんなこと言われてもね……。ちょっと考えてみるわ」

「おまえたちの力が必要なんだ」

「だから、考えてみるって言ってるでしょう」

それから彼女は真吉に言った。

「じゃあね。また……」

阿岐本と日村に会釈をすると、勝手口から家の中に入っていった。

佐田は恥ずかしそうに言った。

「どうも、躾がなっていませんで……」

阿岐本が言った。

「そんなことはないでしょう」

「風呂屋を手伝ってもらうように説得するのに時間がかかりそうです」

「そうですかね」

阿岐本はそうは思っていないということだろうか。日村はちょっと首を傾《かし》げていた。

阿岐本は、稔と真吉に向かって言った。

「足ふきマットと、縁台を買ってきな」

細かな指示はない。何かをしろとオヤジに言われたら、どうしたらいいかは自分たちで考えるのだ。

二人が声を合わせて言う。

「わかりました」

「車を使っていい。俺は銭湯が開くまで脱衣所にいる」

阿岐本はそう言うとその場を去る。佐田がそれに続いた。

日村は稔と真吉に言った。

「いいか。今までと同じような足ふきマットじゃ意味がない」

稔がこたえる。

「わかっています。オヤっさんがおっしゃっていることは理解していますから」

「それとな、真吉」

「はい」

「佐田さんは、言わばクライアントだ」

「ええ」

「そのお嬢さんに手を出したりするなよ」

「わかってます。ご心配には及びません」

「万が一にも間違いがあっちゃならない」

「心得てます」

もっと若い衆を信頼していればいいのかもしれない。だが、つい口出しをしてしまう。

「このあたりじゃ、縁台を売っているような店はないだろう。オヤジが車を使っていいと言ったのは、それだけ急いでいるということだ」

「わかりました。テツに電話して調べてもらいます」

「そうだな。そうしろ」

こういうときはインターネットだ。彼らもスマホで調べられるのだろうが、テツの検索能力と速度にはかなわないはずだ。

「じゃあ、行ってきます」

二人が去って行くと、日村も脱衣所に向かった。阿岐本は旧式のマッサージチェアに腰かけていた。佐田は、その近くに置いてあった丸い腰かけに座っている。

日村が入っていくと、阿岐本が言った。

「いやあ、真吉ってのは、やっぱりたいしたもんだね」

「あ、そのことなら、釘《くぎ》を刺しておきましたから……」

「別に心配はしてねえよ。若いモンが仲よくするのはいいこった」

「はあ……」

「それで思いついたんだがな。香苗ちゃんに手伝ってもらおうと思うんだ」

「は……？」

どういうことなのかわからなかった。

「手伝いが無理ならアルバイトでもいい。香苗ちゃんがフロントにいるだけで、雰囲気が明るくなると思わねえか？」

「真吉で、香苗のことを思いついたっておっしゃいましたね。どういうことです？」

「まあ、俺の言うとおりにして見てなよ」

「はあ……」

坂本香苗に手伝わせるのには反対だった。女子高校生がヤクザと関わりを持つなど、とんでもないことだ。

親の身にもなってみろと言いたい。だが、阿岐本は、そういうことには頓着《とんちゃく》しない。そしてやはり、オヤジの命令には逆らえない。

命令されたらすぐに行動が原則だ。

「失礼します」

日村は、その場から離れ、健一に電話をした。

「はい、三橋です」

「香苗に銭湯を手伝わせろと、オヤジが言っている」

「ああ、そりゃいいですね」

「何が、どういいんだ？」

「あいつ、愛想がいいから近所のオッサンたちに人気が出るかもしれません。女湯の用事もこなせるし……。稔や真吉じゃそういうの無理でしょう」

昔は、女湯にも男性の従業員が平気で出入りしていたように記憶している。今はそういう世の中ではないのだ。

「そりゃまあ、そうだな」

「わかりました。すぐに香苗と連絡を取ってみます。いつから行けばいいんですか？」

「オヤジの指示だぞ。早けりゃ早いほうがいいだろう」

「了解しました」

日村は電話を切ると、阿岐本と佐田のもとに戻った。

二人は、壁絵の話をしているようだ。

阿岐本は驚いたように言った。

「え、壁絵ってのは一日で描き上がるもんなんですか？」

「客がいないときに描かなけりゃなりません。ですから、休日一日で仕上げてもらわないことには仕事に影響します。ペンキ絵師たちも、そういうことをよく心得ていますから」

「なるほどねえ。考えてみりゃおっしゃるとおりですね」

「しかし、本当に富士山の絵でいいんでしょうか？」

「今はね、伝統的なものほど新しいんですよ。海外からの観光客も増えてますから、日本的なものが受けるんですね」

「はあ……」

「どうやら、私の言っていることが納得できねえようですね」

「いや、そんなことは……」

阿岐本が日村に言った。

「おい、テツに言って、銭湯の壁絵について調べさせな」

「わかりました」

日村は再び、二人のもとを離れ、電話をかけた。

「はい、市村」

「テツ、銭湯の壁絵について、インターネットで調べてみろ」

「わかりました」

拍子抜けするくらいに簡単な返事だった。

「おい、何を調べるのかわかっているのか?」

「銭湯の壁絵についてでしょう?」

「だから、壁絵の何について調べるのかわかっているのか、と訊いているんだ」

「だいたいわかります」

本当かよ。

日村は、心の中でつぶやく。

だが、これまでテツに検索を依頼して期待はずれだったことは、覚えている限り一度もない。テツは、日村の理解を超えている。だから阿岐本も認めているのだ。

「じゃあ、頼んだ」

「はい」

電話を切り、また阿岐本たちのところに戻る。阿岐本が言った。

「檜湯は月曜が休みなんだそうだ。さっそく明後日《あさって》、壁絵を注文できねえかどうか、訊いてみるということだ」

日村は言った。

「壁絵の職人というのは、数が少ないと聞いたことがあります。今日頼んで、明後日ってのはだいじょうぶなんですか？」

佐田がこたえた。

「職人が減ったというのは、それだけ仕事がなくなったということです。組合を通じて注文すれば、優先してやってくれると思います」

「なるほど……」

「昔は、全国に数十人いた銭湯のペンキ絵師ですが、今は三人しかいないと言われています。そのうち、一人は八十代、一人は七十代です」

「えらく老齢化しているんですね」

「ええ、でも一人、三十代の女性がいるんです。そういう人材も、私ら銭湯の経営者の希望の一つですね」

「へえ、若い女性が……」

日村が意外に思っていると、阿岐本が言った。

「佐田さんがおっしゃるとおり、そういう人がいてくれることも、銭湯に未来があるってことを物語っていると思うぜ」

「はあ……」

阿岐本はあくまでも楽観的だ。だが、日村はそうはいかない。いろいろなことが気になる。

特に、蛭田の背後にどういう勢力があるのかが気になっていた。それについては当面、永神の知らせを待つしかない。

携帯電話が振動したので、通話ボタンをスワイプしつつ、「失礼します」と言って、阿岐本のもとを離れた。

なんだか、電話のせいで行ったり来たりを繰り返しているが、オヤジといっしょにいるといつもこんなものだ。

テツからだった。

「何だ？」

やはり、何を調べたらいいか訊きたくなったのではないかと思った。

「ある程度のことはわかりました」

「何だって？　もうわかったのか？」

「今は、専門の絵師は三人しかいないということです」

「ああ、その話はもう知っている」

「『東京、銭湯富士10選』というウェブページを見つけました」

「何だそれは」

「タイトルどおり、東京都内の銭湯に描かれている富士の絵のベストテンの紹介ですね。東京のイベントとかカルチャーを紹介するウェブサイトの中にありました。一般投稿者が作成したページのようです」

「そんなものがあるんだな……」

「『東京銭湯マップ』というサイトもあり、そこでも、いろいろな銭湯の壁絵を紹介しています」

「ほう」

「杉並《すぎなみ》区のある銭湯では、壁絵の描き直しを一般の人に公開したことがあるそうです。三人の専門絵師の一人で、最高齢の八十代の絵師さんの作業を公開したんです。それを取材したウェブサイトがありました」

「八十歳過ぎて現役なんだな……」

「その絵師さんのウェブサイトもあります。そこでは、オリジナル原画やポスター、Tシャツなんかの販売もしています」

「へえ……」

「若い女性絵師のペンキ絵は、アウディの広告に使われたこともあるそうです」

「アウディって、あの車のアウディか？」

「そうです。日本のカルチャーとして認められたんですね。いろいろ調べていくうちに、興味が湧いてきました」

「興味が……？」

「ペンキ絵に興味を持つ人が決して少なくないということがわかりました」

「わかった。ごくろうだった」

日村は電話を切り、阿岐本のもとに戻ると、今テツから聞いた話を、できるだけ正確に伝えた。

話を聞き終わると、阿岐本が佐田に言った。

「ね、やっぱり銭湯の壁絵は伝統的な富士山に限るんですよ」

「驚きましたね。私は銭湯をやっていながら、世の中のそういう動きに気づきませんでした」

「組合の集まりとかで、そういう話はされないんで？」

佐田が少しばかり渋い顔になった。

「そういう前向きの話はしませんね……」

「そうですか……」

また電話だ。

「失礼します」

「おい、行ったり来たりせわしないな。いいからここで電話を受けな」

「はい。それじゃあ……」

健一からだ。

「何だ？」

「香苗ですが、すぐにそっちに向かうそうです」

「学校は？」

「今日は土曜日ですよ」

「そうか……」

「銭湯はどんな具合ですか？」

「掃除を済ませて、今、稔と真吉が買い物に行っている」

「ああ、足ふきマットと縁台ですね。テツから聞きました」

「そうだ。事務所のほうは？」

「変わりありません」

「わかった。じゃあな」

電話を切ると、香苗がこちらに向かっていることを、阿岐本に伝えた。阿岐本は満足げにうなずいた。

「さて、あとは稔たちの帰りを待つばかりだが……」

阿岐本がそう言ったとき、ちょうど二人が戻ってきた。

日村は言った。

「早かったな」

「ええ」

稔がこたえる。「テツがネットで調べてくれましたから……」

阿岐本が言った。

「それで、どんなのを買ってきたんだ」

真吉が大きくて平たい包みを運んで来た。稔が言った。

「足ふきマットです。まあ、ご覧になってください」

20

「何だいこれは……」

包みの中から出てきた平たいものを見て、阿岐本が言った。日村も同じ疑問を抱いていた。

それは、素焼きの板のようなものだった。クリーム色をした長方形で、一センチほどの厚みがある。

真吉がこたえた。

「これは、珪藻土《けいそうど》のバスマットです」

阿岐本が聞き返す。

「ケイソウド？」

「わかりやすく言うと、七輪《しちりん》の材料ですね。ニトログリセリンを珪藻土に吸わせて安定した爆薬にしたものがダイナマイトです」

「ああ、それで聞き覚えがあったんだ」

「珪藻土は水分や油分をよく吸収するんです。このバスマットはパルプと珪藻土でできていて、ものすごく水分を吸収します。使い心地は布なんかのバスマットとは比べものになりません」

「ふうん……。ちょっと使ってみるか」

真吉がさっそくその足ふきマットを浴場からの出入り口の前に置く。阿岐本は、浴場に行って、湯船から桶《おけ》で湯を汲《く》み、それを両足にかけた。

そして、浴場から出てきて足ふきマットに載った。

「お……」

阿岐本が驚きの声を洩らす。

真吉が尋ねる。

「どうです？」

「こいつぁ、今までに経験したことのねえ感触だ。えらく気持ちがいい」

日村は興味を引かれた。佐田も同様らしい。

二人は阿岐本と同じく浴場で足を濡《ぬ》らし、珪藻土の足ふきマットに載った。たしかに、その感触は何とも言えなかった。

ざらざらとつるつるの中間くらいの感じで、載ったとたんに、足が吸われるような感触があった。

阿岐本の足跡がついていたが、濡れている感じはない。足元はさらさらだった。

日村は言った。

「これは驚いた……」

佐田が言った。

「まったくです。いや、銭湯をやっていながら、こういうものを知らなかったというのはお恥ずかしい」

真吉が気をよくした様子で言った。

「気に入っていただけましたか？　今までのとは違った足ふきマットを、ということでしたので、これがいいと思ったんです」

日村は感心して言った。

「よくこんなものを知っていたな」

真吉は悪びれもせずに言った。

「ええ、知り合いの女がこういうのに凝《こ》ってまして……」

なるほどな、と日村は思った。

阿岐本が言った。

「こいつは採用だ。どうです、佐田さん」

「ええ。もちろん」

佐田も気に入った様子だ。

真吉が言った。

「じゃあ、次です」

今度は、稔が縁台をかかえて脱衣所に入ってきた。それを見た阿岐本が言った。

「こいつは、実におあつらえ向きじゃねえか」

青竹でできた縁台だった。きっと、プラスチックとか金属でできた縁台を買ってくるものと、日村は思っていた。

今時はそういうものしか売っていないだろうと思っていたのだ。おそらく、阿岐本もそう思っていたに違いない。だが、彼が本当に求めていたのは、昔住宅街の路地裏で見かけたような木や竹でできた縁台だったのだろう。

だから、おあつらえ向きだと言ったのだ。

稔が言う。

「テツが、こういう縁台のほうがいいだろうって言ったんです」

阿岐本がうなずく。

「そのとおりだ。風情が違うよ。風呂上がりに、竹のひんやりした感触がまたいいんだ」

阿岐本はさっそくその縁台に座った。そして、またうなずいた。

「うん、いいね。この自然な感じがいい」

佐田が言った。

「将棋盤と駒を捜してきましょう」

彼が母屋に向かうと、縁台に腰かけたままの阿岐本が、稔と真吉に言った。

「香苗ちゃんがこっちに向かっている。いっしょに手伝ってもらうことにしたから、よろしくな」

稔が驚いた様子で言った。

「香苗が手伝い、ですか……」

「そうだ。まあ、言ってみりゃあ、呼び水かな」

「呼び水……」

稔と真吉は、訳がわからないといった様子で顔を見合わせた。日村にも阿岐本が言っていることの意味がわからない。

佐田が、けっこう立派な将棋盤をかかえて戻ってきたのは、午後三時十分前のことだった。三時には風呂屋を開ける。

佐田が言った。

「すぐに見つかりました。先々代が大切にしていましたから、駒もそろっているはずです」

阿岐本が言う。

「そいつを縁台の脇に置いてください。じゃあ、客を入れるとしますか」

フロントには佐田が座った。

風呂屋が開いてからは、日村たちがやることはなかった。混み合う時間帯には、脱衣籠の整理など稔と真吉のやることはそれなりにありそうだが、今のところは暇だ。

風呂屋が開いてしばらくすると、香苗がやってきたと、佐田が母屋にいる阿岐本のもとに知らせにやってきた。

阿岐本が言った。

「じゃあ、フロントに戻りましょう」

佐田に続いて、阿岐本と日村はフロントにやってきた。

そこにジーパン姿の香苗が立っていた。

「あ、親分さん」

日村は言った。

「こら、表でそういう呼び方をするんじゃない」

「あら、どうして？」

「最近は、暴対法とか排除条例でうるさいんだよ」

「じゃあ、何て呼べばいいの？」

「おまえ、町内会のオジサンたちを何と呼んでるんだ？」

「普通に苗字で呼ぶけど」

「じゃあ、そう呼べばいい」

「阿岐本さん、って？　なんかヘン」

「変じゃないんだよ」

阿岐本が言う。

「呼び方なんてどうだっていいやな。香苗ちゃん、こちらは佐田さん。この風呂屋のオーナーだ。彼女は坂本香苗。うちの地元の高校生です」

香苗がぺこりと頭を下げてから言う。

「それで、私は何をすればいいの？」

阿岐本がこたえる。

「ほほえむんだよ」

「ほほえむ？　それだけ？」

「それが大切なんだ。フロントで佐田さんの隣にいて、お客さんにほほえむんだ。いいかい？　笑顔はただでできるサービスだって、あるファストフードのチェーン店で言われていたそうだ。ただで効果が上がるサービスなんだ」

「わかった。任せて」

本当にだいじょうぶなのか。日村はまたしても心配をしていた。

さっそく香苗は、佐田と並んでフロントに座る。客がやってきた。白髪の老人だ。

「いらっしゃーい」

香苗の声が響く。見ると、思いっきりの笑顔だ。白髪の老人は、驚いたような顔で佐田に言う。

「おい、このお嬢さんは誰だい？」

「アルバイトですよ」

「へえ……。元気でいいねえ」

いつしかその老人も笑顔になっていた。

阿岐本が尋ねる。

「今の方は？」

「近くのトンカツ屋のご主人です。ランチが終わって、夕方まで準備中になるので、いつもその間にお風呂にいらっしゃるんです」

「いい時間の使い方をしておられる。なあ、誠司」

日村はこたえた。

「はい。おっしゃるとおりです」

もしかしたら、道後温泉で過ごした一日がなければそうは思わなかったかもしれない。そして、その経験がなければ、銭湯の価値を本当に理解することはできなかったに違いない。貴重な体験だったわけだ。

「さて……」

阿岐本が言った。「俺たちみたいのがうろうろしていると、営業の妨害になりかねねえ。引っ込んでいるとしようぜ」

阿岐本と日村は、母屋のリビングルームに戻った。阿岐本はソファに腰かけ、日村は立ったままだった。

「おめえも座んなよ」

「はあ……」

日村は浅く腰を下ろす。

「そういや、稔や真吉はどこにいるんだろうな？」

「脱衣所でしょうか。見に行ってきましょう」

日村が腰を浮かすと、阿岐本が顔をしかめて言った。

「いいよ。あいつらだって、自分なりに考えて行動するはずだ」

どうだろうか……。日村はやはり気になっていた。

そのとき、誰かが大声を上げているのが聞こえてきた。母屋と風呂屋をつなぐ廊下のほうだ。

阿岐本がその声のほうを気にしている様子だ。日村は言った。

「何でしょう。見てきましょうか」

「ああ、そうだな……」

日村が立ち上がったとき、稔と真吉がリビングルームの出入り口に姿を見せた。その後ろに頑固そうな老人がいた。

ボイラーマンの北村甚五郎だった。

「あ、こんなところに……」

彼は阿岐本を見ると言った。

阿岐本は立ち上がり、礼をすると言った。

「こいつらが、何かやりましたか？」

「何かやりましたか、だと？　ふざけたことを言わないように、ちゃんと躾しておけ」

阿岐本が言う。

かしたんですか」

「すいません。躾はちゃんとしているつもりなんですが……。こいつらいったい、何をやら
北村は、怒りの表情で言う。

「ボイラー室にやってきて、何か手伝えることはないかとぬかしやがる。いいかい。ボイラーってのは、扱うのに資格がいるんだよ。素人が手を出せるような仕事じゃねえんだ」

阿岐本が、稔と真吉に言った。

「おめえら、どういうつもりだったんだ？」

真吉がこたえる。

「いや、別にボイラーを手伝おうなんて思っていたわけじゃないんです。お一人でたいへんだろうから、雑用でもやらせてもらおうかと……」

「そうです」

稔が言う。「まだ混み合う時間帯でもないし、脱衣所のほうは用がないので、ボイラー室のほうで何かできることはないかと思いまして……」

「あ……？」

北村は、ぽかんと稔と真吉を見る。「釜焚きをやろうってんじゃねえのかい」

真吉が言う。

「いや、自分らにそんなことはできません。あくまで雑用をやろうと思っただけです」

「うまいこと言って、最近の若いやつらは油断も隙もねえからな。だいたいあんたら、若旦

那に手を貸す振りをして、この風呂屋を乗っ取っちまおうってんじゃねえのかい」

阿岐本がこたえた。

「めっそうもないことです。私らは乗っ取るどころか、経営に関与する気もありません」

「ふん。怪しいもんだ。あんたら、堅気じゃないんだろう。気をつけねえと、若旦那は尻の毛まで抜かれちまうんじゃねえのかい」

この言い方に腹が立った。

こちとらは好きでやってるわけじゃない。温泉にのんびり浸かったり、宴会をやったり、いい思いもしたが、トータルではオヤジの道楽に付き合わされて迷惑をしている。

上がりだって、どれだけあるかわからない。どうせたいしたシノギにはならないのだ。それを悪し様《あしざま》に言われたのではたまったものではない。

じっと我慢しているつもりだったが、つい日村は言ってしまった。

「帰れというのなら、いつだって帰りますよ」

北村が日村を見て言った。

「何だと？」

「こっちは、善意で手伝っているんです。それを何だかんだ言われるのなら、これ以上ここにいる義理はありません」

「誠司」

阿岐本が厳しい口調で言った。「よさねえか」

「すいません。しかし、これ以上好き勝手言われるようなら、自分は我慢できません」

北村はふと怯えた顔になった。ヤクザを怒らせたことに、ようやく気づいたようだ。

阿岐本が北村に言った。

「私はね、日本から銭湯をなくしちゃいけねえって、本気で思っているんですよ。だから、佐田さんに共感したんだ。佐田さんが、本気で銭湯を続けたいと考えていることがわかりましたからね。でも、この誠司の言うとおりかもしれません。私らのことが迷惑だとおっしゃるのなら、すぐに引きあげて、金輪際《こんりんざい》檜湯には近づきません。もともと、私らの地元は綾瀬ですからね。わざわざ赤坂まで来るのもたいへんですし……」

話を聞いているうちに、北村はどんどん毒気を抜かれていくように見えた。

阿岐本の話が続く。

「こいつらだって、一所懸命なんです。稔と真吉っていうんですがね……。真吉は、私らが見たこともない珪藻土の足ふきマットを見つけてきました」

北村が尋ねた。

「なんだい、それは……」

「脱衣所にありますから、ぜひ試してみてください。きっと気に入りますよ」

北村は阿岐本から眼をそらした。しばらく何事か考えている様子だったが、やがて彼は言った。

「俺は別に……」

そこまで言ってまた考える。「別に、仕事の邪魔さえされなけりゃいいんだよ」

阿岐本がうなずいた。

「北村さんでしたね」

「そうだよ」

「佐田さんのお話では、あなたも風呂場や脱衣所の掃除をされるそうですね」

「当たり前だ。先々代の頃から、ずっとそうやってきたんだ」

「だが、あなたも決して若くはないのだから、だんだん体がきつくなってくるでしょう。稔たちはそういうのをお手伝いしたいと言っているわけです」

「まだまだ俺は現役だよ」

「しかし、体力が衰えると、だんだんと掃除が行き届かなくなる。客の眼には、そういうのはわかるんですよ」

「そんなことは……」

北村は言いかけて、言葉を呑んだ。反論したいが、できないのだろう。

阿岐本がさらに言う。

「それなら、若いモンをこき使ったほうが楽でしょう」

「こいつらをこき使えってことかい」

「そういう躾はできていますよ」

北村は、また考え込んだ。

「だが、あんたら、いつまでもいるわけじゃねえんだろう」

「ええ。ある程度先が見えたら、私らは失礼しますよ。経営を乗っ取ろうなんて考えちゃいませんからね」

北村は、顔を歪《ゆが》める。

「そいつはわかったよ。俺が訊きてえのは、だ。あんたらを使って楽をした後に、あんたらが急にいなくなったら、余計にきつさがこたえるだろうってことだ」

「檜湯の大きな問題の一つは、そこだと思います」

「そこ……？」

「若い働き手がいるのに、佐田さんはそれを使おうとなさらない」

「それって、美鈴と陽一のことかい」

従業員なのに、雇い主の子供たちを呼び捨てだ。それだけ、家族の中に入り込んでいるということだろう。

三代にわたって檜湯で働いてきたのだ。もはや彼も家族のようなものなのだ。

阿岐本がうなずいた。

「家族が一丸となって将来に向けて努力すべきでしょう」

北村はかぶりを振った。

「銭湯なんて未来はねえさ。美鈴も陽一も、檜湯のことなんて考えずに、自分の人生のことを考えたほうがいい」

「本当に未来なんてないと思っていますか？」

「何だって？」

「たしかに順風満帆とはいかねえでしょう。でも、銭湯をなくすわけにはいかないんじゃないですか」

「そりゃ、俺だってそう思うが……」

「おっしゃるとおり、お嬢さんも坊っちゃんも、自分の人生のことを考えるべきです。でもね、風呂屋を継ぐってのも、選択肢の一つなんじゃねえですか」

「それを考えるのは、本人たちだろう」

「そう。でも今のままじゃ、考えてももらえねえ」

北村はさらに考え込んだ。それから彼は言った。

「何だか妙な話になっちまったが、つまり、あんたらがいなくなった後は、美鈴や陽一に手伝ってもらえって話なのかい？」

「簡単に言うと、そういうことですね」

「言うのは簡単だが、実際にはそう簡単じゃねえなあ……」

「結局は、佐田さんがお子さんたちにお話しになるしかねえんです。でも、まあ、私らも助《すけ》太刀《だち》しますよ」

「助太刀……？　どうやって？」

「まあ、見ていてください」

「何を見ていろと……」

そこに美鈴が顔を出した。

「あら、北村さん……」

それからちらりと真吉を見る。

北村が言う。

「美鈴、土曜日だっていうのに、出かけねえのかい」

「うん、今日は……」

また、真吉を一瞥《いちべつ》する。

阿岐本が言った。

「お嬢さん、もしよかったら、真吉を手伝ってやってくれませんか。いろいろとやることがあるんだが、真吉が女湯のほうに顔を出すわけにはいかねえんで……」

「あら、私は銭湯の手伝いなんて……」

「頼みますよ。真吉を助けてやってください」

「しょうがないわね……。まあ、うちの仕事ですからね。それで、何をやればいいの？」

打ち合わせなしに、阿岐本は真吉に話を振った。だが、真吉はまったく慌てた様子を見せなかった。彼は美鈴に言った。

「これから混み合う時間でしょう。まず、女湯の脱衣籠の整理をやってほしいんですが……」

「やったことないんだけど……」

「床に散らばっている籠を、重ねて片づけるだけでいいんですよ」

美鈴がどこかうれしそうに言う。

「わかった」

そのとき、日村の電話が振動した。永神からだった。

「はい、日村です」

「おう、蛭田のバックに誰かいるんじゃねえかって話だが……」

「何かわかりましたか？」

「とんでもねえやつがいるようだぜ」

日村は思わず眉をひそめていた。

21

日村は電話の向こうの永神に尋ねた。

「とんでもないやつって、誰なんです？」

「電話ではちょっとな……。事務所に来てくれるか」

あまり物事にこだわらない永神が慎重になっている。それだけやばい相手だということだ。

「わかりました」

電話を切ると、日村は言った。

「永神さんからです」

堅気がいる前で、「オジキ」などという言い方をしたくなかった。

「何だって？」

「事務所に来てくれないか、と……」

それだけで、阿岐本には通じたはずだ。

阿岐本は、北村に笑顔を向けると言った。

「そういうわけですんで、真吉と稔がここにいる間は、好きにこき使ってください」

「ふん、今時の若えモンに、つとまるかねえ」

北村はそう言いながら、ボイラー室のほうに消えていった。

それから阿岐本は真吉に言った。

「じゃあ、後は頼んだよ。お嬢さんに失礼があっちゃならねえよ」

真吉が神妙な顔でうなずく。

「はい」

阿岐本は日村に言った。

「じゃあ、ちょっくら永神んとこに行ってこようか」

稔が言った。

「車を出します」

「いいんだ。ここからそう遠くはねえから、歩いて行くよ。おめえたちは、銭湯のことをしっかりやるんだ」

阿岐本が勝手口から外に出た。日村はそれに続いた。

表に出て、周りに人がいないのを確かめると、阿岐本が日村に言った。

「永神は何の用だって？」

「蛭田の背後には、とんでもないやつがいたとおっしゃってました」

「何者だい」

「電話では言えないので、事務所に来てくれ、と……」

「なんだい、もったいぶりやがって……」

阿岐本は気楽な調子で言った。

永神がびるような相手でも、阿岐本はおそらく気にしないのだろう。器量が違うのだ。

阿岐本が続けて言った。

「とにかく、話を聞いてみよう」


永神の事務所に着くと、すぐに社長室に通された。来るたびに思うが、いかにも高級そうな調度類だ。黒い革張りのソファはいいが、大理石風の模様のテーブルはまるで銀座《ぎんざ》のクラブのようだ。これは何とかならないのかと、日村は密かに思っていた。

「やあ、アニキ。わざわざ済まねえな」

永神がやってきて阿岐本に言う。

日村は阿岐本が座ったソファの後ろに立ったままだった。

阿岐本が言う。

「こっちこそ礼を言わなきゃな。いろいろと調べてくれたんだろう」

「もとはといえば、俺が持ち込んだ話だからな」

永神は日村を見て言う。「誠司、俺の事務所で気を遣うことはねえ。座ったらどうだ」

阿岐本が振り向いて言う。

「永神の言うとおりだ。おめえも座んな」

「はい」

日村は、阿岐本の隣に腰を下ろした。

阿岐本が永神に尋ねる。

「さっそくだが、とんでもないやつってのは、何者なんだい」

「聞いて驚いたよ。マル暴一人ならなんとかなると思っていたが、こいつは……」

「もったいぶるなよ」

「与党の衆議院議員だ。名前を聞けば、アニキも知っているはずだ」

名前を聞けば知っているということは、当選回数が一回や二回ではないはずだ。地盤、看板、鞄《かばん》の三拍子がそろったベテラン議員に違いない。つまり各方面に影響力があるということだ。

阿岐本が言った。

「名前を言えよ」

「浅倉善太郎《あさくらぜんたろう》」

永神が驚いたと言うのももっともだと、日村は思った。何かとニュースでも名前を耳にする大物政治家だ。

もちろん阿岐本もその名前をよく知っているに違いない。だが、阿岐本はやはり平然としている。

「浅倉ってのはたしか、地元は大分《おおいた》県だったな。それがなんで赤坂署のマル暴のバックについてるんだ？」

永神がこたえる。

「浅倉ってのは、厚生省の官僚出身なんだ。だから、厚労省に顔が利く」

「イマイチからくりがわからねえんだが……。それがなんで赤坂署のマル暴を動かすんだ？」

「間に浴場組合が入るんだ。それでからくりがわかる」

「浴場組合？」

「正しくは東京都公衆浴場業生活衛生同業組合っていうんだが……」

「おめえ、よくそんな長ったらしい名前を覚えられたな」

「シノギになると思えば何でもできるさ」

　さすがヤクザだと、日村は思った。

「……それで、その浴場組合がどうしたんだ？」

「都内のほとんどの浴場が、この組合に参加している」

「銭湯の優遇措置とか、いろいろ面倒見てくれるんだろう？　佐田さんがそんなことをおっしゃっていた」

「そう。いろいろと組合員の面倒を見ている。都や区からの助成金も、いったんここに入るわけだ。例えばね、区は、組合の支部から毎年入浴券を買う」

「入浴券を……？」

「そう。そいつはね、使っただけ支払う事後精算じゃなくて、最初にどーんと買い取る事前精算なんだ」

「何のために入浴券を買うんだ？」

「老人ホームや生活保護者、風呂なしアパートの住民なんかに配布するんだ。福祉が目的だということだが、要するに助成金を支払うための名目だね」

「だが、本当に入浴券は福祉のために役に立ってるんじゃねえのかい」

「その入浴券を毎年すべて使い切っているわけじゃねえんだ。もらった人が銭湯で使うと、銭湯はその入浴券の分だけ支部から精算してもらう。使わなかった分は余剰金ということになる。その余剰金が、組合の支部にプールされる。その金額が、数千万にも上る支部もあるということだ」

「数千万……」

「なんせ、区によっては、入浴券を三億円分も買うところがあるというんだからな」

「そんな話を聞いても、別に驚かねえよ。銭湯を守るためには、国や地方公共団体はそれくらいのことをやっていいんじゃねえのかい。なにせ、銭湯には公共性がある」

「俺も、業界のやり方に口を出そうなんて思わねえよ。こっちに火の粉が飛んでこねえ限りはな」

「そうだ。問題は蛭田だった」

「その支部にプールされる余剰金の中からかなりの額が、政治献金として保守系政党の議員のもとに流れているんだそうだ。たいていは地元の議員のもとに流れる。だが、ここは東京一区で、革新系大物議員の地盤だ。だから、金は別の議員に流れる。その一人が、浅倉善太郎だというわけだ」

「なるほどな。やっぱり丸山んとこと、似たようなことになってきたな」

阿岐本が視線を向けてきたので、日村は言った。

「はあ、似てますか……」

「業界と政治家の癒着《ゆちゃく》だよ。向こうは建築・土木の業界との癒着。こっちは浴場業界との癒着だろう」

「なるほど……」

永神が尋ねる。

「丸山って、四国の丸山さんですか？」

「ああ、そうだ。松山で会ったんだ」

「誠司が言ってたのは、丸山さんとこの話だったんだな」

「それで、その浅倉がどうしたんだ？」

「浴場組合の支部から献金を受けているもんで、何かと便宜を図らなけりゃならない」

「そうだろうね」

「佐田さんが廃業しようとしていることを、支部の役員の一人が知ったんだ。その役員は佐田さんに思いとどまるように言った。組合の支部としては一軒でも銭湯を減らしたくないわけだ。組合員数の減少は、それだけ助成金などの減少につながるからな。だが、その当時、佐田さんは檜湯の土地を売り払うことしか考えていなかった。その役員と佐田さんは対立した。そして、そいつが浅倉に相談した。すると、浅倉は土地売買をできなくしてやろうと考えたわけだ」

「妙じゃねえか」

「何が？」

「佐田さんは銭湯を売ることを考え直し、今業績を上げようとしているわけだ。なら、もう蛭田のやることはねえはずだ」

「理由は二つある」

「二つ」

「一つは、その支部の役員と、佐田さんとの確執だ」

「どういう確執だ？」

「浴場組合と政党との関係は、政治献金だけじゃねえ。選挙の票の取りまとめなんかもやるわけだ。佐田さんはもともと、比例区とかでその政党に投票を強いられることに反発していた。その役員と佐田さんは、そのことで何度か衝突したことがあったそうだよ」

「そう言えば、佐田さんがそんなことを言っていたな」

阿岐本がまた、自分のほうを見たので、日村はうなずいた。

「その役員てえのは、地元の実力者で、支部の中で佐田さんは孤立しがちだったそうだ」

「そりゃあ、銭湯をやめたくもなるな……」

「いじめのようなこともあったらしい。いじめておきながら、役員としては銭湯をやめさせるわけにはいかねえ。それでいろいろと手を回したというわけだ」

「だが、まだ解《げ》せねえな。佐田さんはもう檜湯を手放すつもりなんかねえんだ。蛭田はいったい何をやろうとしているんだ？」

「うまい汁を吸っちまったんだよ。それがもう一つの理由ってわけだ」

「うまい汁……？」

「浴場組合支部から浅倉に行く金の一部が、蛭田にも流れていたらしい」

「そいつは犯罪じゃねえのかい」

「政治献金の動きなんざ、そう簡単につかめやしねえよ」

「蛭田ってやつぁ、ヤクザより汚《きたね》えな」

「きょう日、ヤクザなんざ、暴対法や排除条例のせいでかわいいもんだ。蛭田みてえなやつは、一度食らいついた獲物は放さねえ。小松崎をマークして、佐田さんに張り付いていりゃ、また金になると踏んでいるんだ。浅倉がバックにいると思っているから、怖いもんなしなんだ」

永神の説明は説得力がある。なにせ海千山千の永神だ。日村は「なるほど」と思っていた。

だが、阿岐本はそうではなかった。

彼は永神よりもさらに経験豊富で、頭も切れる。

「そんなの、蛭田の勘違いじゃねえか」

「え……？」

永神は阿岐本の一言にきょとんとした。日村も同様だった。

「そうだろ。佐田さんは土地家屋の処分を考え直した。つまり、小松崎はもう不動産売買をやる必要がねえ。蛭田の出る幕はもうねえんだ」

「それでもどこかから金を引き出せると思ってるんだろう」

「それが勘違いだって言うんだ。浴場組合も浅倉も、もう蛭田に金を払う理由はねえ」

「そりゃそうだが、蛭田のバックに浅倉がいることは確かなんだ」

「それも勘違いだよ」

「どういうことだい?」

「いいかい。ちゃんと考えてみろ。天下の代議士が一介のマル暴デカのケツを持つと思うか?」

永神はしばらく考えてからこたえた。

「いや、それはねえな。アニキの言うとおりだ」

「浅倉にとっちゃ蛭田なんざ、ただの使い捨ての駒だろう。一度いい思いをした蛭田が、いまだにそれにしがみついているだけのことだ」

日村は、唖然とする思いだった。

目から鱗《うろこ》というのはこのことだ。永神の説明を聞いているときはまったく気づかなかったが、言われてみるとそのとおりだ。

もつれていた糸が、たった一ヵ所を引っぱるだけで、すっと解けてしまったような感じだった。

　阿岐本が、さらに言った。

「ようやく問題がはっきりしてきたな。その組合支部の役員に、まだ佐田さんの気持ちがちゃんと伝わっていねえわけだ。そして、蛭田は勘違いをしている。その二つを解決すりゃあいいわけだ」

　永神が考え込む。

「どうすりゃ解決できるんだ……」

「おめえもヤクザならわかるだろう。こういうことはアタマを押さえなきゃだめなんだよ」

「アタマ……？」

「一番力を持っているのは、浅倉だろう」

「しかし、どうやって浅倉と話をつけるんだ？」

「そうさな……」

　阿岐本が飄々《ひょうひょう》と言った。「ま、伝手《つて》を当たってみるさ」

　永神の事務所を出たのは、午後四時半のことだった。

　歩きながら日村は阿岐本に尋ねた。

「伝手を当たるって、何か心当たりでも……」

「そういう話は、表でするもんじゃねえよ。どこで誰が聞いているかわからない」

言われて日村は、思わず周囲を見回していた。路地に入ったところで、あたりに人影はない。

阿岐本が続けて言った。

「まあ、おめえもそのへんは心得ているだろうから、よけいな心配だったかな……」

「いえ……。気をつけます」

「これが革新政党なら、俺も困っちまうところだが、浅倉の政党なら、所詮土建屋政党だ。大分あたりの代議士なら、俺たちの稼業との付き合いも深いだろう」

いくら全国に顔の利く阿岐本でも、大物政治家に伝手があるとは思えなかった。

だが、ここは阿岐本に任せるしかない。

俺にできるのは、せいぜい掃除くらいだな……。

日村はそんなことを思っていた。

檜湯に戻ると、阿岐本と日村の二人はまず、リビングルームに行った。すると、台所から佐田の妻の康子が顔を出した。

阿岐本が言った。

「あ、勝手に上がらせてもらいました。あまり銭湯のほうに顔を出しちゃまずいと思いまして」

また何か文句を言われるのではないか。

日村はそう思い、心の準備をした。どんなに厭味《いやみ》を言われようと、キレるわけにはいかないのだ。

康子が言った。

「娘に何を言ったんです？」

阿岐本が聞き返す。

「何か粗相《そそう》がありましたか？」

「まったく、信じられないじゃないですか」

「ですから、何が……」

「あの子が、せっせと脱衣籠の整理をしているなんて……」

おや、と日村は思った。どうやら苦情ではないらしい。

「ああ……」

阿岐本は笑みを浮かべた。「お話ししたのは、私じゃありません。ご主人ですよ」

「主人が……？」

康子は疑わしそうな顔をした。「まさか……」

「本当ですよ。檜湯をずっと続けていくためには、お嬢さんの力が必要だと、お話しされたんですよ」

「でも……」

康子は、一瞬躊躇《ちゅうちょ》してから言った。「主人は私と二人で子供たちに話をすると言っていたはずです」

「ご自分の責任だとお考えになったのでしょうね」

「あなたに言われたからでしょうか……」

「ご主人はすでに気づいておられたんですよ。これからの檜湯のために何が必要か」

「家族の協力……。そうでしたね」

「そう。檜湯の問題はね、つまりご家族の問題だった。私はその解決に向けて努力されるように、佐田さんの背中を押して差し上げただけです」

康子は驚いたように阿岐本を見た。その表情から険《けん》が消えていくような気がした。

彼女が言った。

「あなた方とは関わり合いになりたくないと思っていました」

阿岐本がうなずく。

「それが良識というもんだと思います」

「まさか、主人がそんなことを娘に話すなんて……」

「そのうちに陽一君にも話をされると思いますよ」

「でも、陽一は手伝いなんてしないと思いますが……」

「まあ、見ていてください」

話を聞きながら、日村は思った。

どうして阿岐本は、こんなに自信たっぷりでいられるのだろう。どんな確信があるのだろう。不思議でならない。

康子が言った。

「その言葉、信じていいんですね？」

阿岐本が再び笑顔を見せる。

「もちろんです」

22

ちょうどそこに陽一が帰ってきた。

彼は、阿岐本にぺこりと小さく頭を下げてから、母親の康子に尋ねた。

「フロントにいる子、誰？」

康子が怪訝そうな顔をする。

「フロント……？」

阿岐本が言った。

「アルバイトの子のことですか？」

陽一が阿岐本を見て言う。

「アルバイト……？」

「私らの地元の子でしてね。ご近所さんですよ」

「地元って……？」

「綾瀬です」

「綾瀬からバイトに来てるんですか？」

「まあ、私らの手伝いみたいなもんで……」

「へえ、そうなの」

陽一は、そわそわした様子だった。一度阿岐本たちの前を通り過ぎて、自分の部屋に向かおうとしたようだが、立ち止まり、何か迷っている様子だった。

阿岐本が、陽一に言った。

「私らに何かお話でも……？」

陽一は、ふり向き、阿岐本を見た。それから視線を康子に向けて言った。

「俺もフロント、手伝おうかな……」

康子が、驚いた様子で陽一を見る。

「え……？　どういうこと？」

「どういうことって……。別に家の手伝いをするんだから、いいだろう」

阿岐本が言った。

「ぜひ、お願いします。そろそろ佐田さんも交代したい頃でしょう」

陽一がことさらにぶっきらぼうに言った。

「じゃあ俺、フロントに行くから……」

おそらく照れくさいのだろう。彼は、そそくさとリビングルームを出ていった。

出入り口を見やったまま、康子が言った。

「あんなことを言うのは、初めてです」

そして、阿岐本を見た。「あれも、あなた方のおかげでしょうか」

「いやあ、佐田さんの熱意が伝わったんじゃないですか。どれ、私らもちょっと様子を見てきましょう」

阿岐本がソファから立ち上がり、出入り口に向かったので、日村はそれを追った。康子は戸惑った様子のまたたずんでいた。

フロントでは、佐田と陽一が交代したところだった。

佐田が陽一に言っていた。

「段取りはわかってるな?」

「入浴料を受け取るだけだろう」

「入浴券は、こっちの箱に入れておいてくれ」

「わかってるよ」

脇から香苗が言う。

「私はもう慣れたから、任せておいて」

佐田がうなずく。

「香苗ちゃんは要領がいいから安心だな」

陽一がふてくされたように言う。

「俺だって、ちゃんとやるよ」

「ああ、わかってるよ」

フロントから出てきた佐田に、阿岐本が言った。

「人手が増えたようですね」

佐田が言う。

「驚きました。まさか、息子が手伝うと言いだすなんて……」

阿岐本は声を落として言った。

「まあ、狙いどおりですがね……」

佐田は一瞬何を言われたのかわからないような顔をした。それから、はっと気づいたように香苗のほうを見た。

日村も、なぜ阿岐本が香苗を呼び寄せたのか、ようやく気づいた。

陽一が香苗に興味を示すと踏んでいたのだ。同じ年代の見知らぬ女の子が自分の家で働いていたら気になって仕方がないだろう。そういう年頃だ。しかも、香苗はひいき目ではなくかなりかわいいと、日村も思う。

そして、その目論見《もくろみ》はまんまと成功したようだ。

阿岐本が銭湯を出て、母屋へ向かう路地で立ち止まった。そこで佐田と立ち話を始める。

日村も阿岐本の斜め後ろに立っていた。

阿岐本が佐田に言う。

「娘さんも、真吉の手伝いをして、脱衣所の整理をしているようです」

佐田が目を丸くした。

「え、美鈴が……。信じられません」

「お子さんたちは今、銭湯に眼を向けはじめています。この機会を逃さずに陽一君にも話をすべきです」

「そうですね。そうします。それにしても、どういう魔法なんですか。陽一といい、美鈴といい……」

「本人たちがそれと気づかぬように人を操る。そういうの、私らは得意なんですよ。お気をつけになることです」

「はあ……」

そのとき、稔がどこかに出かけようとしているのが見えた。

日村は声を掛けた。

「どこへ行くんだ？」

「あ、北村さんに頼まれて、ちょっとお使いに……。コンビニでスポーツドリンクを買ってこいと言われまして。ボイラー室にいると汗をかくんで……」

「おまえらもボイラー室にいるのか？」

「ええ。真吉と二人で片づけをしています」

佐田が言った。

「もう何年もボイラー室の片づけをやれずにいたんです」

稔が苦笑を浮かべる。

「けっこう散らかっていて、消防署が見たら確実に指導が入るんじゃないですかね」

佐田が言う。

「気になっていながら、なかなか掃除できなかったんですよ」

「もうしばらくかかりそうですが、今日中に何とか片がつきそうです。じゃあ、自分はコンビニ行ってきますんで……」

稔が駆けていく。それを見ながら、阿岐本が言った。

「もし、二人人手が増えれば、浴場や脱衣所だけでなくボイラー室の掃除も行き届きますね」

佐田がうなずいて言った。

「そう、うまくいくといいんですが……」

「漠然と問題を眺めているだけじゃ解決しないんですよ」

「え……」

「風呂屋を再興しようとお考えになったときから、佐田さんは、いくつかの問題点に気づかれていたはずです。でも、それを解決しようとなさらなかった」

「おっしゃるとおりかもしれません」

「私らはね、こじれた問題を解決するのに慣れているんです。それが金になりますし、また生き死にに関わることもあります」

佐田は首を垂れた。

「生き死にですか……。私はそこまで突き詰めて考えたことがなかったのかもしれません」

「ヤクザはどんな小さなことにも、必死で頭を使います。イチャモンつけるのにも、必死なんです。それに対して素人はいい加減な対応をなさる。素人がヤクザにかなわないのは当然なんです。もし、素人の皆さんが必死で頭を使って対抗してきたら、私ら上がったりですよ」

「なるほど……。勉強になります」

「檜湯再興に当たって、二つの問題が明らかになったと思います。一つはご家族の問題です。それは、佐田さんに解決していただくしかありません」

「はい。心得ております。二人の子供が銭湯を手伝うところまでお世話していただいたので、あとは私がちゃんと話をします」

「けっこう。……で、もう一つの問題は、浴場組合の支部との関係でしょうが……」

「支部との関係……?」

「折り合いのよくない幹部の方がおられるとか……。もともと、選挙である政党に投票することを強いられるのが嫌だとおっしゃっていましたね。でもそれだけじゃなくて、浅倉善太郎への政治献金なんかもお気に召さないんじゃないですか」

佐田は驚いた顔になった。

「どうして、それを……」

「私らのシノギの多くは情報収集によって成り立っています。情報産業みたいなもんですよ」

「恐れ入りました。いえ、組合には世話になっているし、実際組合なしじゃあやっていけません。だから、そのすべてに不満があるわけじゃないんです。ただ、政治的なことでは手足を縛《しば》られているようで、どうにも気分がよくないんです」

「その役員の方というのは……？」

「組合の理事の一人で、支部の重鎮です。名前は、鶴岡道治《つるおかみちはる》。年は、私より十五上です」

「マル暴の蛭田の背後には、その鶴岡さんと浅倉善太郎がいます」

「え……。刑事の背後に……？　どういうことでしょう」

「その問題は、佐田さんが檜湯を処分しようとお考えだった頃にさかのぼるのです。それからずっと尾を引いているわけだ。でもね、浅倉や鶴岡さんにしてみれば、佐田さんが銭湯をおやめになることが問題だったわけで、今じゃ何の問題もないはずなんです」

　佐田が怪訝そうな顔になった。

「でも、蛭田は何かと接触してきますが……」

「うやむやのまま問題を放っておいたから、そういうことになったのだと思います。このあたりで、きっぱり解決したほうがいい」

「いったい、どうすれば……」

「あなたは、鶴岡さんにはっきりと、銭湯を続けるつもりだとおっしゃってください。蛭田と浅倉善太郎のほうは、私がなんとかします」

「わかりました」

佐田は頭を下げた。「何から何まで、すいません」

「仕事を引き受けたからには、きっちりやらせてもらいますよ」

佐田は、もう一度頭を下げた。

佐田が母屋に向かうと、阿岐本が言った。

「どれ、ちょっとボイラー室を覗いてみようか」

「あの……」

日村は言った。「だいじょうぶなんですか」

「何が?」

「浅倉善太郎のことです。何とかするとおっしゃいましたが……」

阿岐本が苦笑する。

「おめえは、本当に心配性だな」

いや、誰だって心配するだろう。相手は、与党の大物国会議員だ。

「アタマを押さえないと、問題解決にはならないんですよね」

「国会議員なんて、偉そうにしているけどね、やつら当選しなけりゃ、ただの無職なんだよ」

「そりゃそうですが……」

ボイラー室にやってくると、真吉がせっせと片づけをやっていた。北村が古い木製の腰かけに座り、その様子を眺めている。

阿岐本が真吉に言った。

「おう、やってるね」

真吉がぺこりと頭を下げる。

北村が阿岐本に言った。

「何の用だい」

「ちょっと様子を見せてもらおうと思いまして」

「俺の許しなく、ここに入ってもらっちゃ困るな」

「すいません。片づけは、はかどっている様子なので、すぐにおいとまします」

狭い部屋で、床も壁もコンクリートの打ち放し。ボイラーのごうごうという音が響き、薄暗い中にコントロールパネルの赤や緑のインジケーターが光っている。

居心地は決してよくないかもしれないが、ここは間違いなく北村の城なのだ。

ボイラー室の中は埃にまみれており、段ボールや古い雑誌などが乱雑に積み上げられていた。

その雑誌類は、ビニール紐《ひも》でくくられていきつつある。段ボール箱の中身は、北村の判断で必要なものと不要なものに分けられている様子だった。

阿岐本がそれを見て満足げにうなずき、言った。

「じゃあ、これで失礼します」

すると、北村が言った。

「待ちなよ」

阿岐本が足を止めて振り向く。

「何でしょう」

「ペンキ絵を富士山にするように、若旦那に言ったそうだな」

「ええ……。それが何か……」

北村は、ぼそぼそと言った。

「俺も同じ意見だったよ」

「それを聞いて、安心しました」

「銭湯は何と言ったって富士の絵だ。ずっとそう思っていたが、若旦那には言い出せずにいた。どうせ、銭湯を閉めちまうと思っていたしな」

「佐田さんは、本気でやり直すようです」

「浴場と脱衣所も見に行った」

「そうですか」

「悪くねえな……」

阿岐本は黙って、北村の言葉の続きを待っている様子だった。

北村は言いづらそうに言葉を続ける。

「その、何だ……。足ふきマットと縁台は悪くねえ。それに、浴場と脱衣所の掃除も悪くねえ仕事だった」

「長年、銭湯で働いておられる北村さんに、そう言ってもらえるのはありがたいです」

北村は少しばかりしんみりとした口調になって言った。

「俺たちがやらなけりゃならなかったのは、こういうことだったんだ。もっと早く気がついていなけりゃいけなかったと思ってな……」

「何事も、潮時《しおどき》というのがあるんです。檜湯にはこれからも北村さんのお力が必要です」

「ふん。わかってるよ、そんなこたあ」

阿岐本は笑顔でボイラー室を出た。

日が暮れると、檜湯はそれなりに混み始めた。午後八時を過ぎた頃、阿岐本が日村に言った。

「女子高校生を遅くまで働かせるわけにはいかねえな。そろそろ香苗を連れて地元に引きあげるか」

「風呂屋の手伝いですよ。誰も文句は言わないでしょう」

「俺たちが関係していると話は別だ。警察《ヒネ》はいつでも俺たちをパクろうと眼を光らせている。労働基準法では十八歳未満の労働時間を厳しく定めている」

「たしかに自分らは、堅気の人たちよりもずっと不自由ですね」

「香苗を迎えに行こう」

フロントに行くと、香苗と陽一が並んで座っていた。香苗は楽しそうに、陽一はどこか照れくさそうに、何事か会話をしている。

日村は香苗に言った。

「ずっと交代していなかったのか」

「トイレには行ったし、お茶も飲んだよ」

「それでも三時過ぎからほとんどここにいるんだろう」

「ただ座ってるだけだよ」

「おまえ、たいしたやつだな」

「阿岐本組の若い衆には負けないよ」

「そういうことを言うな。そろそろ帰ろうと、うちの代表が言ってる」

「代表って、親分さんのこと？」

「だから、一般人の前でそういう言い方はやめろと言ってるだろう」

「なんで？　佐田君はみんながヤクザだって知ってるんだよ」

「とにかくだめなんだよ。さあ、帰るぞ」

「明日も来ていい？」

日村は阿岐本の顔を見た。阿岐本が香苗に言った。

「もちろんだ。手伝ってくれれば助かる」

香苗はうれしそうな顔をした。何がうれしいのか、日村には不思議でならない。

阿岐本が日村に言った。

「あとは、檜湯の皆さんに任せればだいじょうぶだ。明日も、掃除の時間に来ればいい」

「わかりました。稔たちを捜してきましょう」

「ボイラー室にいるはずだ」

それを聞いた香苗が言った。

「私が行ってくる」

「俺も」

止める間もなく二人は駆けていった。元気のよさだけが取り得だと思っていたが、根性もありそうだと、日村は思った。

案外、本人が言ったとおり、若い衆にも負けていないかもしれない。

香苗たちは、稔と真吉を連れて、すぐに戻ってきた。

日村は稔に言った。

「事務所に引きあげるぞ。車を持ってこい」

「わかりました」

稔と真吉が二人で駐車場まで車を取りに行く。

陽一がフロントの中から香苗に声をかけた。

「本当に明日も来てくれるの？」

「うん。ここにいるのは面白いし」

阿岐本が陽一に尋ねた。

「香苗はどうだった？」

陽一は緊張した様子でこたえた。

「あの……。笑顔が明るくてよかったです」

「お客さんの間で評判になりそうかい」

「はい。そう思います」

「それで、少しでも客足が伸びればな」

陽一は、しばらく何か躊躇したような様子だった。何か言いたいことがあるが、相手が相手なので、どうしようかと思っているのだろう。やがて、彼は言った。

「近所のお年寄りは、若い子と話をしたがってるんです。偏屈な年寄りだって笑顔を向けられるとうれしいと思います」

「そうだろうな」

「それに外国人も、笑顔を向けたり、話しかけたりすれば安心するんじゃないかと思います。俺、ずっとそういうのが足りないって思っていたんです」

「足りないって、この檜湯にかい？」

「ええ……」

阿岐本がうなずいて言った。

「それを、お父さんに話してみるといい」

陽一は返事をしなかったが、前向きに考えているに違いないと、日村は思った。顔を背《そむ》け合っていた家族が、次第に本音を語りはじめた。

これが阿岐本のやり方なのだ。まさに阿岐本マジックだ。

真吉がやってきて告げた。

「車が用意できました」

阿岐本は陽一に言った。

「明後日は、ペンキ絵を描き直すんだ。聞いてるかい？」

陽一が目を丸くした。

「いいえ……」

「きっといい絵ができるよ。楽しみだねえ」

「はい」

香苗が言った。

「わあ、それ見に来ていい？」

阿岐本が言った。

「みんなで見に来ようじゃねえか」

実を言うと、日村もそれを密かに楽しみにしていた。

23

商店街の近くで香苗を降ろし、車は事務所の前に停まった。すでに九時を過ぎているが、もちろん、健一とテツはまだ残っていた。

「ごくろうさまです」

「はい、ごくろうさん。俺はちょっとやることがあるんで、しばらく部屋にいるよ」

阿岐本はそう言って、組長室に入った。

オヤジが帰るまで、俺も帰れない。

日村はそう思って、いつものソファに座った。

阿岐本にお茶を出した健一が、日村のところにも持ってきた。

「今日の当番は誰だ？」

「テツと真吉の予定でしたが、真吉は銭湯の用事で疲れているでしょう。自分が代わります」

「わかった」

「それで、どうでした？」

「何が？」

「銭湯のほうです」

健一は興味津々の様子だ。

「ああ……。なんだかいろいろごちゃごちゃしていたがな、結局問題は二つに絞られた。その一つはほぼ解決だな」

佐田の家族は、それぞれがその問題に向き合いはじめた。残るは、浅倉善太郎の件だが、おそらく今、阿岐本は、伝手を探してあちらこちらに電話をしているのだろう。

ヤクザは物事を先延ばしにしない。できることは今やるのだ。

若い頃からそれを徹底的に仕込まれる。「ぐずぐずするな」と鉄拳制裁を食らいながら体で覚えるのだ。これにまさる教育はない。体の奥に染みついた習慣は死ぬまで変わらない。

健一がさらに尋ねる。

「しばらく、通われるんですか？」

「どうだろうな。問題が解決したら、さっさと身を引くのがいいと思うが……」

「明日は日曜ですが、行かれるんですか？」

いつもの健一なら、いちいちこんなことを質問したりはしない。

ははあ、そういうことか。

日村は健一の魂胆《こんたん》を理解した。

「おまえも、銭湯に行ってみたいんだな？」

「あ、いや……。自分は事務所の留守番をしてなきゃなりませんから……」

「掃除とか雑用ばかりだぞ」

「ですから、自分は……」

日村はテツに尋ねた。

「おまえも、行ってみたいか？」

テツは、度の強い眼鏡の奥の小さな目をしばしばさせて言った。

「いや、僕はここにいるのが一番です」

もともと引きこもりだから、パソコンの前にいるのが一番安心できるのだろう。

日村は健一に言った。

「じゃあ、明日は稔と交代しろ」

健一は、うれしそうな顔になってこたえた。

「わかりました」

わかりやすいやつだ。

佐田の娘のことを考えると、真吉は外せない。今真吉が姿を消すと、彼女のモチベーションが下がるだろう。

「明日はおまえが車の運転をしろ。出発の時間は、あとでオヤジから聞く」

「はい」

それから約十分後、組長室のドアが開いた。

「じゃあ、俺は上に引きあげるぜ」

帰宅するということだ。

もう、用事が済んだらしい。浅倉善太郎への伝手が見つかったということだろうか。

さすがに仕事が早い。

日村は尋ねた。

「明日は何時に出発しますか？」

「今日と同じでいいだろう」

「九時ですね。明日は、健一と真吉がお供します」

「わかった。それから、夜は会食をしながら、ちょっと込み入った話をすると思うから、それなりの料亭か何かを押さえておけ」

「何人で押さえますか？」

「そうだな……。六人ってところかな。永神に聞けば、赤坂の適当な店を教えてくれるだろう。時間は午後七時だ」

「わかりました」

おそらく、そこで浅倉善太郎と会うことになるのではないか。しかし、今日段取りをして明日会えるものなのだろうか。大物政治家は恐ろしく多忙なはずなのだが……。

若い衆の最敬礼に送られて、阿岐本が上の自宅に引きあげて行った。

日村はすぐに永神に電話をした。

「誠司か。どうした」

「オヤジに言われたんですが、明日、赤坂あたりで、それなりの料亭を押さえたいんです」

「料亭……？　何人だ？」

「六人と言ってました」

「急な話だな……。だがまあ、なんとかなるだろう。アニキはいったい誰と会うんだ？」

「何も言ってませんでしたが、おそらく浅倉善太郎じゃないかと……」

「何だって？」

　永神の声がひっくり返った。「俺がその名前を伝えたのは今日のことだぞ。会えっこねえよ」

「事務所に戻って、しばらくあちらこちらに電話を掛けていた様子ですから……」

「何をどうしたら、そんな大物に会えるんだよ……」

「さあ、自分にはわかりません」

「まったく、いつもアニキには驚かされる。ところで、その六人に俺は入っていないんだろうな」

「どうでしょう」

「現時点でアニキから俺に連絡がないってことは、そういうことだろうな」

「そうかもしれません」

「まあ、極道が雁首《がんくび》そろえても仕方がねえ。ここはアニキに任せるしかねえか……」

「すいません」

「別に謝ってもらうことじゃねえよ。料亭の件は任せな。予約が取れたら連絡する」

「お願いします」

電話が切れた。

これで今日やることはすべて終わった。日村もアパートの部屋に引きあげようと思った。

「おい、健一。明日は朝九時出発だから、できるだけ仮眠を取っておけ」

「わかりました」

「じゃあ、俺は帰る」

四人の若い衆が声をそろえて「ごくろうさんでした」と言う。日村は事務所を出た。

そこでばったり、甘糟と会った。

「おや、そんなところで何を？」

「通りかかっただけだよ」

「事務所の前をたまたま、ですか？」

「悪い？」

俺たちの様子を見に来たのだろう。マル暴としては当然だ。

「用がなければこれで」

「ああ……」

日村は歩きかけて立ち止まり、言った。

「別に心配なさることはありませんよ」

甘糟はもう一度「ああ」と言った。

翌日は予定どおり、事務所を九時に出発した。

昨夜、アパートに戻るとすぐに永神から折り返し電話があった。予約が取れたということだった。

日村は車の中でそのことを阿岐本に伝えた。

阿岐本は一言「そうかい」と言っただけだった。店の名前も所在地も尋ねない。日村と永神を信頼しているのだ。

日曜日とあって、道はすいており、早めに赤坂に到着した。

檜湯を訪ねると、北村がすでに出勤していた。佐田も早々と脱衣所の片づけをしていた。

阿岐本が佐田に健一を紹介した。佐田が会釈をして言った。

「よろしくお願いします」

阿岐本が言う。

「さて、浴場の掃除を始めましょうかね」

佐田がこたえた。

「待ってください。もうじき陽一と美鈴がやってくるはずです。彼らにも手伝わせます」

「へえ……。日曜日だってのに、出かけずに手伝いですか」

「バイト料を払うという約束で」

「家の手伝いにバイト料……」

「昨夜、さっそく話をしたんです。ゆくゆくは銭湯の収入を家族で配分していかなければならないでしょう。仕事をしてもらうからには、その報酬は支払いたい。私が言いだしたことなんです」

「なるほど。まあ、そういうことをきっちりなさるのもいいでしょうね」

「話してみて驚きました。子供たちは、銭湯の経営なんかにはまったく無関心だと思っていたのですが、実はけっこう気にしていたようなんです」

阿岐本がうなずいた。

「おそらくそうだろうと思っていましたよ。お互いに話をするきっかけをつかめなかったんでしょうね」

「陽一は、客へのサービスについて、いろいろアイディアがあるようです。フロントに座っているときに香苗ちゃんと話をしたようです」

「いいことです」

阿岐本は、思い出したような口調で言った。「そうそう。組合支部の幹部の方との話し合いはどうなりました？　鶴岡さんでしたっけ？」

「まだ、会う段取りはつけていません」

「じゃあ、すぐに電話をしてみてください」

佐田が驚いた顔で言う。

「今ですか？」

ださい」

「銭湯経営立て直しを私に任せてくださったのですよね。ならば、私の言うとおりにしてください」

「わかりました」

佐田が携帯電話を取り出した。

「今夜、午後七時に会えないかと訊いてください。場所は……」

阿岐本が日村を見たので、日村は今夜予約した料亭の名前と所在地を佐田に伝えた。

佐田はまた目を丸くした。

「えらい高級なところじゃないですか……」

阿岐本が言う。

「とにかく、連絡してみてください」

「はい……」

佐田は、阿岐本と日村から少し離れて、電話を掛けた。相手につながったらしく、しばらく何事か話をしていた。

やがて電話を切ると、彼は再び日村たちに近づいてきた。

「今夜、午後七時、だいじょうぶだそうです。場所を言ったら、鶴岡も驚いていました」

「私たちも同席させていただきますよ。よろしいですね？」

「はあ……」

そこに美鈴と陽一がやってきた。

美鈴は、真吉を見て少しばかり頰を紅潮させたように見えた。

陽一は、そわそわしている。阿岐本がそれを見て言った。

「ああ、香苗は風呂がオープンする頃に来ると思いますよ。彼女はフロント要員なんでね……」

陽一は、照れくさそうに顔を伏せた。

阿岐本が日村に言った。

「さあ、掃除だ。気合いを入れてやってくれ」

佐田が陽一と健一を率いて、男湯を掃除する。日村が、真吉と美鈴を連れて女湯へ向かった。

美鈴は楽しそうに、真吉と掃除をはじめる。真吉は、細々と指導をしている。それを見ていて、日村はなんだか罪悪感を覚えた。

別に美鈴と真吉が仲よくするのは悪いことではない。だが、美鈴の関心を引くために真吉を連れてきたことは否定できない。

そして、いずれ真吉は檜湯から去っていくのだ。真吉だって、堅気の女と付き合う気はないだろう。

まあ、それが俺たちの稼業ってやつだ……。

日村は自分にそう言い聞かせた。

二日続けて丁寧に掃除をすると、洗い場はさらにきれいになった。脱衣所は、鏡もぴかぴか、塵《ちり》ひとつ落ちていない。

美鈴が佐田に言った。

「男湯の脱衣所には、縁台や将棋盤が置いてあるのに、女湯には何もないのはどうして？」

「ああ……。そう言えばそうだな……」

そのやり取りを聞いていた阿岐本が、美鈴に言った。

「お嬢さんは、女湯の脱衣所に何がほしいとお考えですか？」

「縁台は必要だと思います。それと、ドリンクの種類を増やしたい。どうして、いまだに昔ながらの牛乳なの？　近所のオバチャンたちだって、何か気のきいた飲み物を飲みながらおしゃべりしたいんじゃないかしら」

佐田は言った。

「縁台はすぐに用意しよう。ドリンクについては考えてみる。どんなものがいいか、アドバイスをくれるとありがたいんだが……」

「考えてみるわ」

その口調は、相変わらずそっけないが、会話の内容が前向きなことは間違いない。

昼食の後は休憩時間だ。その間に、健一と真吉が昨日と同じ店に縁台を買いにいった。

佐田が阿岐本のところにやってきて言った。

「ペンキ絵の確約が取れました。明日の朝九時から作業をするそうです」

「どなたがいらっしゃるんでしょうね？」

「最高齢の職人さんです」

「たしか八十歳を超えておられるんでしたね」

「そうですね。でも相変わらず仕事は速くて確かだそうです」

「そいつは楽しみだ」

午後三時になると、香苗がやってきた。まず、佐田と香苗がフロントに座り、銭湯を開いた。

陽一がフロントの近くにやってきた。用もないのに、何をうろうろしているんだろうと、日村が思っていると、彼は佐田に言った。

「フロント、代わってもいいよ」

なるほど、少しでも香苗といっしょにいたいわけだ。

佐田が言った。

「後でたっぷりやってもらうよ。店開けは父さんがやる」

陽一は小さく肩をすくめて言った。

「わかった」

彼は母屋のほうに向かった。

その様子を見ながら、阿岐本が日村にそっと言った。

「家族の話し合いの結果は、うまくいっているようだね」

「そのようですね」

「じゃあ、俺たちは母屋のほうに姿を消すとしようか」

「はい」

母屋の勝手口で、「失礼します」と声をかけると、佐田の妻の康子がすぐに顔を出した。

「ああ、親分さん。さあ、上がってください。お茶でもどうぞ」

日村はぽかんとしてその顔を見ていた。

たった一日で、えらい変わりようだ。対応がまるで違う。

さすがの阿岐本も戸惑っている様子だ。

リビングに行くと、ソファをすすめられた。すぐにお茶が出てくる。

阿岐本が言う。

「遠慮なくいただきますよ」

親分が茶に手をつけたので、日村もありがたくいただくことにする。

康子が訊かれもしないのに話しだす。

「家の中がいつの間にか、息の詰まるような雰囲気になっていたんですよ。主人が銭湯を処分しようって言いだしたときは、それも仕方がないと思っていました。でも、主人の気持ちが揺れ動き、先行きが見えないままここまで来て……。そうなると、家族も不安でどうしていいかわからなくなります。そんなことがずっと続いていたんです」

阿岐本は何度もうなずいた。

「そうでしょうね」

「たった一度話をしただけで、家の中の雰囲気がぱっと変わってしまって……」

「そういうもんです。みなさん、わだかまりを抱えていらっしゃった。そして、それをどうしていいかわからなかったんです。吐き出すだけでも楽になる。そして、たいていは、話し合えば解決できる問題なんです」

「わかっているつもりでも、何もできずにいました」

「それをお手伝いするのが、我々の役目でした」

「まさか、ヤクザに……」

そこまで言って康子は、はっとしたような顔になった。「あ、いえ、すいません。つい……」

「いいんですよ。おっしゃりたいことはわかります」

「今まで、小松崎さんがうちにやってくるのですら、嫌だったんですけどね……」

「それでいいと思います。ヤクザとなんか、付き合わないのが身のためです」

そこに北村が顔を出した。

「おう、今日も来てるんだね」

阿岐本がこたえる。

「はい、お邪魔しています」

「なんか、陽一と美鈴が手伝ってるんだって？」

「はい」

「何の気紛れだろうね」

康子がこたえた。

「気紛れじゃなくて、ちゃんと話をしたんですよ。バイト料も払うって……」

「へえ……」

北村は目を丸くした。「そいつは驚きだね」

「北村さんに、二人をしっかり仕込んでもらわなくちゃ……」

北村は、同じ言葉をまたつぶやいた。

「そいつは驚きだ……」

24

午後六時半に、阿岐本が健一に言った。

「料亭に行くんで、車を持ってきてくれ」

「はい」

佐田は、一時間ほど前にフロントを陽一と交代して、いつでも出かけられる様子だった。

阿岐本が日村に言った。

「香苗に、八時になったら綾瀬に引きあげるように言ってくれ」

「わかりました」

それを伝えにフロントに行った。

香苗と陽一は、昨日よりずっと打ち解けた様子だった。

阿岐本の言葉を伝えると、香苗が言った。「わかった」

「今日は車で送ってやれない」

「だいじょうぶだよ。小学生じゃないんだから」

「だから心配なんだ。ちゃんと時間どおりにここを出て、寄り道せずに帰るかどうか……」

「代貸は、もっと私のこと、信用してよね」

「だから、代貸とか言うのはやめろ」

阿岐本のもとに戻ると、すぐに出発だった。道はすいていて、すぐに店に到着した。駐車場完備だ。健一が車で待機する。

はんてんを着た下足番に、和服姿の仲居。絵に描いたような料亭だ。建物も古く、歴史を感じる。玄関までの飛び石には打ち水がしてある。

広めの個室だった。座卓の下が掘りごたつになっているのが、今風だ。現代人はあぐらや正座に慣れていないし、外国人の客も増えているからだろう。

お茶が出されたときに、仲居から尋ねられる。

「お料理はおそろいになってからにしましょうか？」

阿岐本がこたえる。

「ああ、そうしてください」

「お飲み物はどうなさいますか？」

「それも後ほど……」

「かしこまりました」

それから、ほどなく「お連れ様がご到着です」と、再び仲居が顔を出した。組合支部の鶴岡だった。

頭がかなり薄くなっている、猜疑心《さいぎしん》の強そうな眼をした小柄な男だった。互いの紹介が済むと、鶴岡は用心深そうに阿岐本を見てから、佐田に言った。

「驚いたね。こんな店に来たのは初めてだ。それで、話ってのは何だい？」

阿岐本が言った。

「まあ、お待ちください。もうじき蛭田さんがいらっしゃるはずなので、お話はそれからでも……」

日村はそれを聞いて驚いた。

佐田も同様に驚いた様子だった。彼は言った。

「蛭田が、ここに……？」

阿岐本がうなずいた。

「ええ。赤坂署に電話しましてね。本人と直接話をしましたから、間違いありません」

鶴岡が言った。

「あんた、誰だい」

「佐田さんのお手伝いをしている者です」

「ふうん……」

「まあ、茶でも飲んで待ちましょう」

蛭田が姿を見せたのは、それからすぐのことだった。

彼は、部屋の中の顔ぶれを見回してから、不機嫌そうに言った。

「いったい何の用なんだ？」

阿岐本が言う。

「まあ、お座りください」

阿岐本の正面は上座で、そこは今空席だ。阿岐本の隣が佐田。その向かいに鶴岡がいる。佐田の隣は末席で、そこに日村がいた。蛭田はその向かいに座った。鶴岡の隣だ。

「ヤクザがマル暴を呼び出すってのは、いい度胸じゃねえか」

蛭田が言うと、鶴岡が嫌そうな顔をした。

「ヤクザだって……」

阿岐本がにこやかに言う。

「まあ、まずは佐田さんのお話をうかがいましょう」

佐田がそれを受けて、鶴岡を見ながら言った。

「私は檜湯を辞めるつもりはないんだ。それをはっきり言いたいと思って、来てもらった」

鶴岡は怪訝そうな顔になった。

「土地も建物も処分するつもりだったじゃないか」

「一時の気の迷いだったんだ。何もかもうまくいかずに、自暴自棄になっていた……。まあ、結局、いろいろと妨害にあって土地や建物の処分もうまくいかなかった。今考えると、それが幸いしたんだな。妨害した人たちに感謝したいくらいだよ」

蛭田はそっぽを向いていた。

鶴岡は、不機嫌そうに言った。

「銭湯を処分すると言ってみたり、いや、辞めるつもりはない、なんて言ってみたり……。信用できないんだよ。そのうちまた、処分するって言いだすんじゃないのかい」

「いや、それはない」

「どうしてそう言い切れる？」

「今までとは違うんだ」

「だから、どうしてかと訊いてるんだ」

「家族で話し合ったからだ」

鶴岡は、ぽかんとした顔になった。

「何だい、そりゃあ……」

佐田はきっぱりと言った。

「それが重要だったんだよ。とにかく、もうだいじょうぶなんだ」

「そりゃあまあ……」

鶴岡は言いづらそうだった。「銭湯を続けるって言うんなら、頑張ってほしいね。組合としても喜ばしいことだ。銭湯が減っていくのに、なんとか歯止めをかけたいんでな」

「今までおざなりにしていたことを、きっちりと見直して、経営が健全化するように努力するよ」

「それも、組合としてはありがたいね」

阿岐本が、蛭田に言った。

「ま、そういうことですんで、あなたが佐田さんや小松崎の周囲を嗅ぎ回る必要はもうないんですよ」

蛭田の眼がすわった。

「てめえ、誰に向かって口きいてんだ。しょっ引こうと思ったら、今すぐにでもしょっ引けるんだぞ」

阿岐本が平然と言う。

「ほう。しょっ引く……。何の容疑で……？」

「ヤクザなんだから、叩けば埃くらい出るだろう。罪状なんて何だっていいさ」

ヤクザは、日常的に警察からこういう扱いを受けている。だから、日村も今さら腹を立てたりはしなかった。

自分たちを担当している甘糟が、これくらい迫力があればいいのに、などと思っていたくらいだ。

腹を立てているのは、蛭田のほうだった。

阿岐本が言った。

「私は別に捕まったってかまいません。そういうの、慣れてますからね。しかし、佐田さんには何の罪もありませんよ。今後つきまとうのはやめていただきたい」

「ヤクザが関わってるんだ。何の罪もないというわけにはいかない。排除条例違反だ。佐田だって引っ張れる」

「わかりませんか? 佐田さんは銭湯の処分をしないことにしたんです。つきまとってもあなたのメリットはありませんよ」

「メリットなんて考えちゃいねえよ。暴力団を取り締まるのが俺の仕事だ」

蛭田はあくまでも強気だ。

そのとき、再び仲居がやってきて告げた。

「お連れ様がお着きです」

その言葉が終わるか終わらないかのうちに、襖が大きく開いて、背広姿の男が部屋に入ってきた。

どんどんと足音を立て、空いていた上座にどっかと座った。

日村は、あっけに取られていた。

浅倉善太郎だった。彼は、挨拶もせずに大きな声で言った。

「阿岐本というのは、誰だ」

阿岐本が頭を下げる。

「私です」

「大分の後援会長から会うように言われたが、知り合いか？」

「知り合いの知り合いです」

「そいつは他人と同じことだな」

「知り合いと言うと、迷惑がかかりますので」

「なるほど、そういう輩《やから》か。それで、俺に何の用だ？」

「そこにいる蛭田という人物をご存じですか？」

浅倉善太郎は、蛭田のほうを見もせずに言った。

「知らんな。何者だ？」

「では、こちらの鶴岡さんは？」

「知らん」

「浴場組合の鶴岡さんの依頼で、あなたが蛭田を動かしたとうかがっていますが……」

「浴場組合か……。そんなことがあったかもしれないが、もう過去のことだ」

「では、蛭田も鶴岡さんも、今はあなたとは無関係ということですね？」

「無関係だ」

「確かですね？」

「間違いない」

鶴岡も蛭田も、顔色を失っていた。

阿岐本は言った。

「それをうかがいたかったのです」

「話はそれだけだな？　じゃあ、俺は帰るぞ」

「お食事はいかがですか？」

「別の会食の用事がある。これで失礼する」

浅倉善太郎は、立ち上がると、来たときと同様に足音を立てながら歩き去った。

彼が部屋を出て行っても、誰も何も言わない。部屋の中は静まりかえっていた。

その沈黙を破ったのは阿岐本だった。

「さあ、話は済んだ。食事にしましょう」

するとと、蛭田が言った。

「冗談じゃない。ヤクザと食事なんかしたら、収賄《しゅうわい》と言われかねない。それをネタに、おまえらに強請《ゆす》られるかもしれねえしな」

阿岐本が言う。

「私はそんなに野暮《やぼ》じゃありませんよ」

蛭田は、ふんと鼻を鳴らし、立ち上がった。

「これで済むと思うな」

彼は、部屋を出ていった。阿岐本が蛭田を排除した瞬間だった。

佐田が心配そうに阿岐本に尋ねる。

「だいじょうぶでしょうか……」

阿岐本が言う。

「心配いりません。ただの負け惜しみですよ。さあ、食事にしましょう。誠司、仲居さんに声をかけてくれ」

「はい」

日村は、廊下に出た。そこに仲居がひかえていたので、食事にしてくれと伝えた。

すぐに飲み物の注文を取りに来た。三人はビールで、日村は茶だ。

もしかしたら鶴岡も席を立つのではないかと日村は思った。だが、その気配はなかった。瓶からビールを注ぐと、三人は乾杯をした。

先付けが運ばれてきて、佐田と鶴岡は組合の話など始めた。明日、ペンキ絵の塗り替えをすることを伝えると、鶴岡は絵師が誰か尋ねた。

佐田がこたえると、鶴岡はしみじみした口調で言った。

「その人は、いい仕事をするって話だな。なるほど、銭湯経営をやり直すってのは、本気のようだな」

「本気だ」

阿岐本が二人の会話に割り込むようなことはなかった。会席料理が進むにつれて、佐田と鶴岡の間にあった冷たい壁は、次第に低く薄くなっていくように見えた。もともと同業者なので、共通の悩みもある。

二人の話題は尽きなかった。阿岐本はその様子を穏やかな眼差しで眺めていた。

25

月曜は朝から賑やかだった。檜湯に、日本最高齢のペンキ絵師が妻を連れてやってくる。妻は助手だ。

テレビカメラや照明、音声といったスタッフがやってきて日村は何事かと思った。訊くと、インターネットテレビの取材だという。

俺たちは絶対に映らないようにしないといけないと、日村は思った。どこからどういうクレームがつくかわからない。用心に越したことはないのだ。

佐田だけでなく、妻の康子や娘の美鈴も立ち会っている。陽一も、作業の様子を見たいと言っていたようだが、学校を休ませるわけにはいかない。

香苗も同様だ。

今日はテツだけが事務所で留守番だ。あとは全員檜湯に来ていた。銭湯は休みだが、休みの日こそ、徹底した掃除をしなければならないと阿岐本が言ったのだ。

その全員が、ペンキ絵師の作業を見つめていた。

絵師の動きは、八十歳を超えているとは思えないほどきびきびとしていた。手早い作業で、まず空を塗っていく。

そして、下描きもなしに、どんどん富士の絵を描き上げていった。

阿岐本が佐田に言った。

「見事なもんですねえ……」

「昔、こうして壁絵を描き直してもらっていたのを思い出しました。やっぱり、銭湯は富士の絵ですね」

「この絵が完成して、今日の掃除を終えたら、私らの役目は終わりです」

「え……」

佐田が驚いた顔で阿岐本を見る。日村も驚いていた。

阿岐本は、ペンキ絵師の作業を見上げている。

佐田が問いかける。

「役目が終わりって、どういうことです？」

「檜湯が抱えていた問題は解決した。そうじゃありませんか？　だったら、コンサルタントとしての私らの仕事は終わりです」

「もっとお手伝いいただけるものと思っていました……」

「お子さんたちがお手伝いをするようになって、人手も確保できました。こうして、壁絵も新しくなる。もう、私らがやることはありません」

そのやり取りを聞いていた康子が言った。

「もっともっと親分さんに教わることがあると思うんですが……」

阿岐本は笑った。

「言ったでしょう。私らみたいな者とお付き合いしないほうがよろしい」

美鈴がたまりかねたような顔で言った。

「そんな世の中、おかしいわよ」

阿岐本が悲しそうな笑みを浮かべて言う。

「でも、そういうもんなんです」

彼女は、真吉がいなくなるのが淋しいのだろう。

かわいそうだが、彼女が真吉と付き合えるわけではない。真吉もヤクザだ。あいつにとっては美鈴も通り過ぎていく何人もの女の一人に過ぎない。

これ以上情が移らないうちに離したほうがいいと、日村も思う。

佐田が言った。

「今度、風呂に入りに来てください」

「いや……。私ら、モンモンを背負ってますんで……」

「開店前に来てくれればいい。いや、刺青オーケーの日を設けてもいいですね」

「そいつはありがたいですね。最近は、素人さんでもタトゥーを入れている方がおられますからね」

「はい」

「私ら、ここをお手伝いするに当たって、勉強しようと道後温泉に行ってきました」

「ほう……」

「それで確信したんですよ。日本人にとって風呂は大切なものだ。決して大衆浴場はなくならないって」

佐田は無言でうなずいていた。阿岐本が言葉を続ける。

「数は少なくなるかもしれないが、銭湯は消滅しません。優遇措置があるとか、組合が支えているとか、そういうことじゃないんだ。広い湯船でゆったりとくつろぐ。日本人にはそれが必要不可欠なんです。居心地よくしてさえいれば、人はきっと集まってきます」

「私もそう思います。長いこと、それを忘れていた気がします」

「それを思い出してくれただけでも、お手伝いをした甲斐があったと思います」

女湯の壁絵が、二時間弱でできあがる。ペンキ絵師は、休憩も取らずに男湯に向かう。カメラクルーや日村たち見学者も、そちらに移動した。

「やあ、やってるね」

その声のほうを見て、佐田が意外そうに言った。

「鶴岡さん」

「いやあ、あの人の仕事を見たいと思ってね」

鶴岡は脚立に昇っているペンキ絵師を指さした。

気がつくと、鶴岡だけでなく近所の人たちも見物に来ている。

その後ろに北村の姿があった。彼は涙ぐんでいるように見えた。

「ネットテレビの撮影も入ってる」

佐田が言うと、鶴岡はうなずいた。

「最近、ペンキ絵が何かと話題になっているからな。話題になるのはいいことだ」

佐田がうなずいた。

女湯とまったく同じ手順で、男湯にも富士山が描かれていく。それも、やはり二時間ほどでできあがった。

絵の完成を見届け、近所の見物人たちとともに、鶴岡も引きあげて行った。

ペンキ絵師たちとテレビクルーも去って行った。

佐田はそれでもしばらく立ったままできあがった富士山の絵を眺めていた。


遅めの昼食後に、阿岐本が日村に言った。

「さあ、俺たちにとっては最後の掃除だ。心を込めてやらせてもらいな」

「承知しました」

日村は、脱衣所にいた健一、稔、真吉に声をかけた。

「真吉は、北村さんといっしょに女湯だ。お嬢さんもお誘いしろ。あとは男湯だ」

「わかりました」

美鈴はすねてごねるかもしれないが、真吉に任せておけばだいじょうぶだ。

三日連続の掃除となったが、今日は特に念入りにやった。タイルの目地の一つ一つまで徹底的に磨き上げた。脱衣所の鏡も再び曇り一つなくなるまで磨いた。

洗い場と脱衣所を仕切っているガラス戸には湯垢がこびりついていたが、それもきれいに落とした。

居心地よくしてさえいれば、人は集まってくる。阿岐本はそう言った。掃除することがその第一歩だ。

掃除が終わったのは、午後四時過ぎだった。阿岐本と佐田が様子を見に男湯にやってきた。

佐田が言った。

「この三日ですっかり見違えるようになりました」

阿岐本も満足そうにうなずく。

「悪くないねえ」

佐田が阿岐本に言う。

「あの……。本当に報酬の件は、あれでいいんですか？」

「はい、けっこうです」

「もっと請求されるのかと思っていました」

「ヤクザだからですか」

そう言って、阿岐本は笑った。

リビングルームで報酬について話し合っていたのだろう。そのやり取りからしても、たいしたシノギにならなかったのは明らかだ。日村は、心の中でそっと溜め息をついていた。

まあいい。これは阿岐本の道楽だ。それに付き合ったと思えば……。

そのとき、陽一と香苗がやってきた。二人とも制服姿だ。まるでどこかで待ち合わせたようなタイミングだ。

もしかしたら、待ち合わせたのかもしれない。まあ、あの二人は高校生だ。別に仲よくして悪いことはない。日村はそう思った。

それに香苗は、思ったよりずっとしっかりしているようだ。妙なことにはならないだろう。

「わあ、すごーい」

富士山の絵を見て香苗が叫んだ。陽一も感動した様子で見上げている。

その様子をにこやかに眺めている阿岐本に、日村はそっと尋ねた。

「あの……、シノギのことをうかがっていいですか?」

「ああ。佐田さんが、補修費として補助金を請求するとおっしゃっている。そういう優遇があるそうだ。補助金が出たら、その一割をいただく」

「おそらく、数万円にしかなりませんね」

「そういうせこいことを言うんじゃないよ。俺たちはね、日本の文化に貢献したんだ」

「はい」

そのとき、また香苗が声を上げた。

「私、明日お風呂に入りに来る」

それを聞いた陽一が、ちょっと顔を赤らめたように見えた。

「よし」

阿岐本が言った。「それじゃあ、私らも明日さっそく入らせてもらおうかね」
日村はそれを聞いて、道後温泉でのんびり過ごした一日を思い出していた。

〈完〉

解説

関口苑生

いきなりですけど、夢枕獏の『仰天・文壇和歌集』の中に「二年かけて書きし本二時間で読まれることの喜び複雑である」という一首があるのはご存知でしょうか。

これって、作家にしてみれば偽らざる本音なんだろうと思う。古今東西、この種の意見は多くの作家が述べているからだ。かの夏目漱石にしても、作者は非常に苦心して練って書いても、批評家や読者はこれを無造作に読んでしまって別に心にも留めないものだ、とどこかで書いていた。あるいはまた、何年もかけて模索し、洗練し、修正し、拒絶し、選択して出来上がった文章が、まったくのあかの他人に、三十分に満たない時間で読まれたりするのはどうにも容認しがたい、と心中を告白している詩人（ポール・ヴァレリー『文学論』）の嘆《なげ》きを読んだこともある。わたしが知るかぎりで、この人の書き方はちょっと……と思ったのがハードボイルド作家のジェイムズ・クラムリー。クラムリーの書き方は最初の一行を書くのに一年。最初の一章を書くのにさらに一年かけるという。それからその一章を納得いくまで、あるいは次に何が起こるかわかるまで、何度も何度も書き直す。各章ごとにこの作業を繰り返す。終わりまでいくと、最初に戻って、見逃しているものがなくなるまで書き直す。とまあ、およそ気の遠くなるような作業を延々と続けるのだそうで、これではいつ完成するか本人にもわからない。だが、文章と物語には磨《みが》きがかかっていくのだという。

しかしその一方で、吉田健一は「苦労して書いたものは読む方でも苦労して読まなければならないという考えはどういう所から来ているのだろうか。……書くのに十年掛ったから、読むのにも十年掛けるということはないだろう」（「日本で文学が占めている位置」）と述べている。

おそらく、この相反した思いはどちらも正しいのだろう。まあ読者の立場としては、作家には申し訳ないけれども、吉田老の意見に与《くみ》したいところだ。が、そうは思うものの、自信を持ってそうだその通りだと言い切れない気持ちもどこかにある（いや、やっぱり十年はかけないかも）。

いきなりこんな話題から始めたのは、今野敏だったら何と言うだろう、どんな気持ちで書いているのだろうと思ったからだ。というのも、まさしく本書『任侠浴場』もそうだったのだが、彼の小説は本当に読みやすく、すらすらサクサク、あっという間に読み終えてしまうのが常なのだった。

かつて――三十年ほど前のことになるが、今野敏はいわゆるノベルス作家と呼ばれていた。依頼される仕事のほとんどが書き下ろしのノベルス、それもアクションものが大半で一冊がおよそ三百枚前後。長いものでも四百枚。それをだいたい三カ月で書く。そうすると一年に最低でも四冊は出版される計算だ。頑張れば六冊はいくかもしれない。しかし、それらは二時間くらいで読まれてお終《しま》いとなる。場合によっては、そのままゴミ箱に捨てられてしまうかもしれない。そう考えると、何だかえらく虚しくなってくる作業である。だが、それでも今野敏はいいと言っていたのだ。その代わり――という言い方はおかしいか、ひそかに自負していたのは、お金を払って自分の本を買って読んでくれる読者に対して、二時間の間はたっぷりと、思いっきり愉しませて、疲れた脳をほぐしてあげましょうという気概を持っていたのである。

言ってみればこの当時の今野敏は、まず何をさておいても肩の凝らない、読みやすく、面白い、読んでる間は時間を忘れさせる小説を目指していた。それが彼の小説の原点であった。と同時にそういう作品を提供することがノベルスの役割であるとし、またノベルス作家としての意地と誇りでもあると自認していたのであった。

ならば現在はどうかというのが、わたしの疑問なのである。もちろん彼のことだから基本の姿勢に変わりはないだろう。けれど、当時と異なる部分も相当あるように思うのだ。

何よりも本人を取り巻く環境が劇的に変わったのは大きい。二〇〇六年に吉川英治文学新人賞を、二〇〇八年に山本周五郎賞と日本推理作家協会賞を受賞してからというもの、彼の生活は公私ともに変化していく。書き下ろしの作品は極端に減り、ほとんどが連載となったのもそのひとつだ。数えたことはないが、現在は常時ひと月に五〜六本の連載を抱えているのではなかろうか。それも一本が終わると、すぐにまた次の連載が待っている。この繰り返しだ。そのため年間の出版点数にはさほど変わりはなく、これだけの作家となってからも年に四、五冊程度の新作を刊行しているのだから驚く。結果から見ると、書くスピードはノベルス時代とほぼ同じなのである。しかし、そこで明らかにかつてと違っているものがある。最もそのことを感じるのが、読みやすさが際立つ彼の文章なのだった。

優れた文章には苦心の跡が見えてはいけないと言われるが、今野敏の文章は流れるようなリズムがあり、わざとらしさや苦労の跡は一切感じられず、表現も無造作で単純明快。失礼ながら、たまたまうまく書けたという風な趣すら窺えるのだった。どうしてそう思わせるのかというと、これはひとつに視点のぶれがなく、言葉の飾りなしに、素肌を見せた文章、素朴な文章、説明を控え事実を淡々と描写する文章を書いているせいだ。具体的には形容詞を使わない文章ということになる。これは言うは易しで、ほとんど不可能事に挑んでいる作業と言ってよい。単純明快な文章――それはわたしに言わせれば、とりもなおさず豊潤な文章ということなのだが――は一見すると誰にでも書けるわかりやすく簡単な文章と思われがちだ。しかし実際にやってみるとまず出来ない。それを今野敏は、いとも簡単そうに（としか見えない）自然体でこなしているのだった。

彼の小説の特徴は、プロット、エピソード（ストーリー）、キャラクターという三大要素の中では、キャラクターで成り立っている場合が多い。本人もエッセイやインタビューなどで、キャラクターだけを執筆前にきちっと作って固めれば、エピソードと仕掛けは書き進めるうちに自然とついてくると語っている。このときにキャラクターというのは、その人物がどう「行動」するかによって良し悪しが決まる。行動（の描写）こそがキャラクターの命と言っても過言ではないのだ。

実際に、本書を含む《任俠》シリーズをはじめとして《東京湾臨海署安積班》《隠蔽捜査》《ST》《横浜みなとみらい署暴対係》《警視庁強行犯係・樋口顕》《警視庁捜査一課・碓氷弘一》……等々、各シリーズの主人公と脇役たちは、みなそれぞれ実に個性的で忘れがたいキャラとして記憶に残る、言わば「立って」いる人物ばかりだ。そういう彼らが動き、発言して周囲の人を動揺させたり、安心させたり、つまりは右往左往させることで物語は進んでいく。だからこそ、行動の描写が重要なのだった。

たとえば本シリーズの場合、これは極端に言ってしまえば現代社会の無稽な寓話を「現実のことば」を使って物語る小説だ。極端にロマンティックな筋立てと、極端に現実的な人物描写を混ぜ合わせ、絡み合わせていくのである。物語は夢の産物であるのに対し、登場人物は血もあり肉もある現実の存在だ。物語は華麗な狂想曲だが、それを彩る登場人物は（ちょっと変わった部分はあるが）まともな人間であって、普通の人物のように話し、考え、行動する。喋り方は乱暴で、通俗で、長たらしい言葉は使わない。彼らの欲望も気持ちも不満も、無骨でごつごつした生な形で表現されていく。そこには、ともすれば〝文学的〟と称される意識過剰な表現と饒舌《じょうぜつ》は一切出てこないのだ。

こういう文章を使って小説を書くには人並み以上の天賦の才能が必要なのだった。それを獲得するには、ただただ愚直に、厳しい修練を積んでいくしかない、と個人的には思っている。おそらく今野敏は、ノベルス作家時代にとにかく書いて書きまくり、作品を量産することで着実に進化と深化を重ねていったのだろう。そうした努力と修練のあかしがここにある。簡単そうに見えることが、実は一番難しいという原理原則の実証例と言ってもよい。ここにいたるまでには、途方もなく長い時間がかかっているのだった。

だからあえて言わせていただくと、たとえすらすらと読めてしまった（読まされてしまった）としても、それは今野敏の巧さであって、こちらが恐縮することはない。ただ、こんな面白い小説を提供してくれたことに感謝する気持ちさえ忘れなければだ。

ということで、本書『任俠浴場』は『任俠書房』『任俠学園』『任俠病院』に続く《任俠》シリーズの第四作である。

東京の下町・綾瀬に事務所を構える阿岐本《あきもと》組は、所帯は小さいが、世の中からはみ出た若い者を抱えて、いまどき珍しく任俠道をわきまえた、地元地域住民からの信頼も厚い正統派ヤクザだ。物語はそんな人情派ヤクザの阿岐本雄蔵《ゆうぞう》組長が、兄弟分の永神健太郎《ながかみけんたろう》組長から破産寸前の出版社や経営難の私立高校、潰れかけた病院などを再建する仕事を持ち込まれ、引き受けてしまうことから始まる人生模様の悲喜劇が描かれる。とにかく、毎回これがお約束の始まりなのである。

とは言いつつもである。ヤクザの世界での話なのだ。再建といっても本当においしい物件事案だったら、こんな小さな組に話など持ち込まれるはずがないのが常識だろう。そこには必ず、何かしらの厄介な事情があるに違いなかった。

そんなことは百も承知で阿岐本親分は引き受けてしまうのだった。さあ、そこで困ってしまうのは実質的な仕事を任される代貸の日村誠司《ひむらせいじ》だ。ただでさえ気苦労が多い毎日なのに、これ以上の余計なことはしたくもない。内心ではそう思っても、オヤジの指示は絶対で逆らえるわけがない。それに加えて、四人の若い衆もこうした話が持ち込まれてくるたびに、何かしらの期待感というか、普段とは違った反応を示すのだった。

阿岐本組は、組長以下総勢六名の少所帯である。組員で一番年上の三橋健一《みつはしけんいち》は、かつて不良仲間の世界ではビッグネームだった。どんな喧嘩でも三橋が駆けつければぴたりと収まったと言われていた。とにかくガタイがよく、見るからに喧嘩が強そうな風体だ。日村も彼には絶大の信頼をおいて、自分がいない間は組のことを任せるまでになっている。二之宮稔《にのみやみのる》は元暴走族だった。所属していた族が解散してふらふらしていたところを阿岐本に拾われた。彼のグレぶりは半端ではなく、若い衆の中でも一番の跳ねっ返りで、すぐに喧嘩腰になり、日村も随分と手を焼いたものだが、それがあるときからぴたっとおとなしくなった。市村徹《いちむらとおる》は坊主刈りにジャージ姿で、度のきつい眼鏡をかけている。彼は引きこもりだった。家庭環境があまり芳しくなく、中学生くらいから部屋にとじこもるようになった。そのときにパソコンをいじり始め、ゲームやネットの世界に没頭し、やがていっぱしのハッカーになり、どこかの省庁のサーバーに侵入したかどで補導された。家庭に居場所がないことを知ると、阿岐本は彼の面倒を見ると言い出したのだ。以来、事務所に居ついている。志村真吉《しむらしんきち》は二十歳になったばかりの一番の若手だ。優男で出入りの役には立たない。だが不思議なことに、やたらと女にもてるのだった。日村にはぼうっとしているようにしか見えないのだが、それでも常に何人かの女と付き合い、次々と言い寄る女が現れるというのだ。

そんな若い衆らが、永神のオジキが前触れもなしに突然やってくると、なぜだか急に嬉しそうになり、落ち着かない様子を見せるのだった。

その理由は……えっとすみません、本文を読んでもらうとして（笑うし、納得するし、哀しすぎるし、応援したくなるし、のごっちゃ混ぜです）、今回も赤坂六丁目にある傾いた古い銭湯の立て直しという厄介な案件が持ち込まれる。にもかかわらず、彼らはひそかにやる気を見せるのだ。このあたりの微妙な空気というのか、行間から漂ってくる温かさと緊張感の混ぜ具合が絶妙なのである。

ああ、それにしても、だ。事もあろうに、銭湯ですよ。今どきは学生が住むようなアパートにも風呂がついている時代である。ましてや場所が赤坂だ。銭湯なんぞやっていけるような土地ではなかった。だいたい赤坂に風呂なしの家やアパートがそうそうあるとも思えない。

全国的に見ても銭湯の数は減少傾向にあるのは間違いなく、厚生労働省の「衛生行政報告例」によると東京の銭湯（普通公衆浴場）数は、一九九六年に千五百三軒あったものが二〇一八年には五百四十二軒に減っている。中には県内に一軒しかないという所もあり、山形、佐賀がそうだと報告されている。

そんなご時世に風呂屋の経営に乗り出すだって？　今回ばかりは絶対に失敗する。

早くも日村は暗澹《あんたん》たる気持ちになった。失敗したらおそらく組は潰れる。日村も組員たちも路頭に迷うことになる。

だがオヤジがやると言うのだ。やるしかなかった。

さてさてここから夢舞台が始まる。

風呂の楽しさというのは、湯につつまれる触感、皮膚感覚の心地よさで、銭湯の楽しみはそうした共通感覚に支えられて、同じひとつの湯に身を沈め、そこに生まれてくる人と人との繋《つな》がりを共有することにある。季節の移り変わりを体感する菖蒲湯や柚子湯といった楽しみもあった。さらに本書で阿岐本組長は一日のけじめ、生活のめりはりを大切にすることの必要性を訴える。

普段、シャワーだけで済ませている方々、これを読むと、たまにはじっくりと湯船につかってみるかという気になりますよ。いや、ホントに。

（せきぐち・えんせい　書評家）

『任俠浴場』二〇一八年七月　中央公論新社刊

中公文庫

任侠浴場《にんきょうよくじょう》

2021年2月25日　初版発行
2023年9月30日　3刷発行

著　者　今《こん》野《の》　敏《びん》

発行者　安部順一

発行所　中央公論新社
〒100-8152　東京都千代田区大手町1-7-1
電話　販売 03-5299-1730　編集 03-5299-1890
URL https://www.chuko.co.jp/

ＤＴＰ　ハンズ・ミケ
印　刷　大日本印刷
製　本　大日本印刷

Published by CHUOKORON-SHINSHA, INC.
Printed in Japan　ISBN978-4-12-207029-5 C1193

定価はカバーに表示してあります。落丁本・乱丁本はお手数ですが小社販売部宛お送り下さい。送料小社負担にてお取り替えいたします。

各書目の下段の数字はＩＳＢＮコードです。978－4－12が省略してあります。

中公文庫既刊より

こ-40-23
任俠書房　今野　敏
日村が代貸を務める阿岐本組は今時珍しく任俠道を弁えたヤクザ。その組長が、倒産寸前の出版社経営を引き受け……。『とせい』改題。「任俠」シリーズ第一弾。
206174-3

こ-40-19
任俠学園　今野　敏
「生徒はみな舎弟だ！」荒廃した私立高校を「任俠」で再建すべく、人情味あふれるヤクザたちが奔走する！「任俠」シリーズ第二弾。〈解説〉西上心太
205584-1

こ-40-22
任俠病院　今野　敏
今度の舞台は病院⁉　世のため人のため、阿岐本雄蔵率いる阿岐本組が、病院の再建に手を出した。大人気「任俠」シリーズ第三弾。〈解説〉関口苑生
206166-8

こ-40-16
切り札　トランプ・フォース　今野　敏
対テロ国際特殊部隊「トランプ・フォース」に加わった元商社マン、佐竹竜。なぜ、いかにして彼はその生き方を選んだか。男の覚悟を描く重量級バトル・アクション第一弾。
205351-9

こ-40-17
戦　場　トランプ・フォース　今野　敏
中央アメリカの軍事国家・マヌエリアで、日本商社の支社長が誘拐された。トランプ・フォースが救出に向かうが、密林の奥には思わぬ陰謀が⁉　シリーズ第二弾。
205361-8

こ-40-24
新装版　触　発　警視庁捜査一課・碓氷弘一1　今野　敏
朝八時、霞ヶ関駅で爆弾テロが発生、死傷者三百名を超える大惨事に！　内閣危機管理対策室は、捜査本部に一人の男を送り込んだ。「碓氷弘一」シリーズ第一弾、新装改版。
206254-2

こ-40-25
新装版　アキハバラ　警視庁捜査一課・碓氷弘一2　今野　敏
秋葉原を舞台にオタク、警視庁、マフィア、中近東のスパイまでが入り乱れるアクション＆パニック小説。「碓氷弘一」シリーズ第二弾、待望の新装改版！
206255-9

各書目の下段の数字はISBNコードです。978－4－12が省略してあります。

こ-40-31
孤拳伝（四）新装版　今野敏
岡山に美作竹上流の本拠を訪ねた剛は、そこで鉢須賀了太に出くわす。偶然の再会に血を滾らせる剛。果たして決戦の行方は――⁉ シリーズ第四弾！
206514-7

こ-40-32
孤拳伝（五）新装版　今野敏
それぞれの道で、本当の強さを追い求める剛とそのライバル達。そして、運命が再び交差する――。武道小説、感動の終幕へ！〈解説〉関口苑生
206552-9

こ-40-34
虎の道 龍の門（上）新装版　今野敏
極限の貧困ゆえ、自身の強靭さを武器に一攫千金を夢みる青年・南雲凱。一方、空手道場に通う麻生英治郎は流派への違和感の中で空手の真の姿を探し始める。
206735-6

こ-40-35
虎の道 龍の門（下）新装版　今野敏
「不敗神話」の中、虚しさに豪遊を繰り返す凱。「常勝軍団の総帥」に祭り上げられ苦悩する英治郎。その二人が誇りを賭けた対決に臨む！〈解説〉夢枕獏
206736-3

こ-40-36
新装版 膠着 スナマチ株式会社奮闘記　今野敏
老舗の糊メーカーが社運をかけた新製品。それは――くっつかない糊⁉ 新人営業マン丸橋啓太は商品化すべく知恵を振り絞る。サラリーマン応援小説。
206820-9

こ-40-37
武打星　今野敏
一九七九年、香港。武打星（アクションスター）という夢があった――。ブルース・リーに憧れた青年が白熱の映画界に挑む、痛快カンフー・アクション。
206880-3

お-87-2
逆襲の地平線　逢坂剛
〝賞金稼ぎ〟の三人組に舞い込んだ依頼。それは十年前にコマンチ族にさらわれた娘を奪還してほしいというものだった……。〈解説〉川本三郎
206330-3

お-87-3
果てしなき追跡（上）　逢坂剛
土方歳三は箱館で銃弾に斃れた――はずだった。一命を取り留めた土方は密航船で米国へ。友を、そして記憶を失ったサムライは果たしてどこへ向かうのか？
206779-0

お-87-4
果てしなき追跡（下）
逢坂剛
西部の大地で離別した土方とゆら。人の命が銃弾一発より軽いこの地で、二人は生きて巡り会うことができるのか？　巻末に逢坂剛×月村了衛対談を掲載。
206780-6

さ-49-4
ファイト
佐藤賢一
ヘビー級王者、人種差別、戦争、老い……。全ての闘いでベストを尽くした不屈のボクサー、モハメド・アリの生涯を描く拳闘小説。〈解説〉角田光代
206897-1

ほ-17-13
アクセス
誉田哲也
高校生たちに襲いかかる殺人の連鎖。仮想現実を支配する「極限の悪意」を相手に、壮絶な戦いが始まる！　著者のダークサイドの原点！〈解説〉大矢博子
206938-1

ほ-17-6
月光
誉田哲也
同級生の運転するバイクに轢かれ、姉が死んだ。殺人を疑う妹の結花は同じ高校に入学し調査を始めるが、やがて残酷な真実に直面する。衝撃のR18ミステリー。
205778-4

ほ-17-4
国境事変
誉田哲也
在日朝鮮人殺人事件の捜査で対立する公安部と捜査一課の男たち。警察官の矜持と信念を胸に、銃声轟く国境の島・対馬へ向かう。〈解説〉香山二三郎
205326-7

ほ-17-5
ハング
誉田哲也
捜査一課「堀田班」は殺人事件の再捜査で容疑者を逮捕。だが公判で自白強要の証言があり、班員が首を吊った姿で見つかる。そしてさらに死の連鎖が……誉田史上、最もハードな警察小説。
205693-0

ほ-17-7
歌舞伎町セブン
誉田哲也
『ジウ』の歌舞伎町封鎖事件から六年。再び迫る脅威から街を守るため、密かに立ち上がる者たちがいた。戦慄のダークヒーロー小説！〈解説〉安東能明
205838-5

ほ-17-11
歌舞伎町ダムド
誉田哲也
今夜も新宿のどこかで、伝説的犯罪者〈ジウ〉の後継者が血まみれのダンスを踊る。殺戮のカリスマvs.新宿署刑事vs.殺し屋集団、三つ巴の死闘が始まる！
206357-0

各書目の下段の数字はＩＳＢＮコードです。978－4－12が省略してあります。

ほ-17-12
ノワール 硝子の太陽
誉田 哲也
沖縄の活動家死亡事故を機に反米軍基地デモが全国で激化。その最中、この国を深い闇へと誘う動きを、東警部補は察知する……。〈解説〉友清 哲
206676-2

ゆ-6-1
盤上の向日葵（上）
柚月 裕子
山中で発見された身元不明の白骨死体。遺留品は、名匠の将棋駒。二人の刑事が駒の来歴を追う頃、将棋界では世紀のタイトル戦が始まろうとしていた。
206940-4

ゆ-6-2
盤上の向日葵（下）
柚月 裕子
世紀の一戦に挑む異色の棋士・上条桂介。実業界から転身し、奨励会を経ずに将棋界の頂点に迫る桂介の、壮絶すぎる半生が明らかになる！〈解説〉羽生善治
206941-1

わ-24-1
叛逆捜査 オッドアイ
渡辺 裕之
捜一の刑事・朝倉は自衛官の首を切る猟奇殺人事件を捜査していた。古巣の自衛隊と米軍も絡み、国家間の隠蔽工作が事件を複雑にする。新時代の警察小説登場。
206177-4

わ-24-2
偽証 オッドアイ
渡辺 裕之
サバイバル訓練中の死亡事故を調べるため、自衛隊特戦群出身の捜査官・朝倉は離島勤務から召還される。ミリタリー警察小説、第二弾。
206341-9

わ-24-3
斬死 オッドアイ
渡辺 裕之
グアム米軍基地で続く海兵連続殺人事件。ＮＣＩＳから召還された朝倉は、異国で最凶の殺人鬼と対決する。自衛隊出身の捜査官「オッドアイ」が活躍するシリーズ第三弾。
206510-9

わ-24-4
死体島 オッドアイ
渡辺 裕之
虫が島沖で発見された六つの死体。謎の孤島に単身潜入した元・自衛隊特殊部隊の警察官・朝倉に襲い掛かる影の正体は⁉「オッドアイ」シリーズ第四弾。
206684-7

わ-24-5
殺戮の罠 オッドアイ
渡辺 裕之
次々と謎の死を遂げるかつての仲間。陸自最強メンバーがなぜ。自衛隊出身の警察官・朝倉が〝特別強行捜査班〟を結成し捜査にあたる。人気シリーズ第五弾。
206827-8